魏 寧
Nicholas Morrow WILLIAMS

著

The Lure of

Chinese

Literature

中國文學的魅力

一位漢學家眼中的
古典文學

中 華 書 局

中國文學的魅力

一位漢學家眼中的
古典文學

責任編輯：何宇君
封面設計：高　林
版式設計：簡雋盈
排　　版：時　潔
印　　務：劉漢舉

著　　者　　魏寧（Nicholas Morrow WILLIAMS）

出　　版　　中華書局（香港）有限公司
　　　　　　香港北角英皇道 499 號北角工業大廈一樓 B
　　　　　　電話：（852）2137 2338
　　　　　　傳真：（852）2713 8202
　　　　　　電子郵件：info@chunghwabook.com.hk
　　　　　　網址：http://www.chunghwabook.com.hk

發　　行　　香港聯合書刊物流有限公司
　　　　　　香港新界荃灣德士古道 220-248 號
　　　　　　荃灣工業中心 16 樓
　　　　　　電話：（852）2150 2100
　　　　　　傳真：（852）2407 3062
　　　　　　電子郵件：info@suplogistics.com.hk

印　　刷　　美雅印刷製本有限公司
　　　　　　香港觀塘榮業街 6 號海濱工業大廈 4 樓 A 室

版　　次　　2024 年 6 月第 1 版第 1 次印刷
　　　　　　© 2024 中華書局（香港）有限公司

規　　格　　16 開（210mm×145mm）

ISBN　　　　978-988-8861-82-8

謹獻給
香港大學中文學院師生。

目　錄

序言

　　我們在閱讀古典文學作品的時候，應該抱持何種態度？應該以鑑賞為主要目的嗎，還是為了瞭解中國歷史而閱讀？還是我們從中學習創作的技巧，或者還有別的意圖？

　　其實，這個問題沒有一個固定的答案。我們閱讀文學作品，可以同時在很多不同方面受益。可是呢，如果我們想瞭解文學作品**作為文學作品**的真正意義和特質，我們就需要用文學批評這個方法去閱讀。而且，因為我們生活於二十一世紀，作為全球化世界的公民，我們不能只用中國傳統的批評方法。我們還需要借用比較文學和當代文學理論的一些方法，以便探討古典、傳統及文學本身，在當代能擁有甚麼意義。當然我們也需要依靠中國傳統文學批評，學習古代的很多概念和知識。但是，文學批評並非某一個國家獨有的產物，它屬於人文學科 [1]。做好人文學科，就相當於參與了整個世界的文明活動，也就是説，我們不能只從中國文化裏面去看；還需要從外面反思中國文明的當代意義。這是胡適、錢

---

[1] 人文學科這個概念來自德國，是 Geisteswissenschaft 的翻譯。Geisteswissenschaft 其實是精神學科的意思，相對自然科學而言，指所有需要文字詮釋的學科。

鍾書、饒宗頤等中國現代國學大師們的共識。本書即擬教授
這種東西合璧的閱讀方法。

　　「中國古典文學」這個專有名詞的範圍到底包括哪些作
品？首先，「中國」指的不僅僅是作為政治實體、有明確地理
邊界的「中國」，它更包括作為文化意義上的中國傳統。而這
個傳統，隨着歲月的流變，也會自我更新，增加新的內容，
同時淘汰舊有的內容。例如中古時期的中國佛教與中國文學
之間的關係，已有很多專家研究探討過，但此處的佛教已經
不是從印度引進的原始佛教，而是經過中國傳統文化改造的
中國佛教。更根本的問題是「中國」這個概念比中國文學出現
得晚得多。以下我們會探討很多先秦時期的作品，如《詩經》
和《楚辭》。這些詩歌的作者們有很多不同的身份認同，比如
屈原首先是楚國人，不會以為自己是「中國人」。

　　　因此，我們主要的研究對象應該是以**中文**寫下來的文
學作品。研究對象的範圍是由語言來界定的。在研究中，我
們的主要目標並不是闡明中華文明、中國人的精神、中國文
化的精粹等等，而是瞭解文學作品如何以中文這種語言來構
成的。因此，我們會特別重視一些文學技巧和語言技巧。本
書的前半部分就會介紹幾個富有代表性的概念，如典故和比
喻，因為這些是文學作品不可缺少的關鍵概念。後半部分就
會圍繞一些專題來討論。這些主題，如佛教和性別，雖然也
在中國文學傳統中有一定地位，但在文學批評範疇內，還不
是根本而是分支。文學作品可以跟所有的事情或地方都無
關，就是不可能跟語言無關。

　　至於「古典文學」一詞，按《教育部重編國語辭典修訂本》的解釋，是指：「一，泛指古代的文學作品。二，超越時代好尚，擁有不朽價值的文學。」第一個定義不太適合我們的需要，因為它的範圍太廣。我們需要另一個選擇的標準，所以得用第二個定義。這個解釋當然還不算很嚴謹。所謂「不朽價值的文學」是從讀者的角度而言，不過，讀者的口味，會隨着時間的流逝而改變。今天看作是第一流的作品，他日卻可能被評價為第二流。而同一件作品或者同一個詩人，在不同地域，其評價也可以有很大的差異。例如，杜甫在世時，他的作品並不被世人認為是最出類拔萃的。可是，他在詩歌史的地位就漸漸越來越被抬高。尤其是在宋代，更被蘇軾、黃庭堅等名家大力推崇。如此的改變，正是時間變遷造成的評價差異。此外，地域不同也會導致評價不一，例如在中國，白居易的地位，明顯不及杜甫和李白，但在日本，其作品卻一直備受推崇、非常流行。而唐代詩僧寒山更是如此，雖然唐代以後在中國一直比較寂寞，卻是日本人最推崇的中國詩人之一，到了二十世紀中葉美國的嬉皮士也很欣賞他。

　　其實，所有的文學傳統都是由長期而艱苦的「經典化」過程所建構的。[2]杜甫在生的時候，還包括歿後的幾十年，其作品並不被世人視作偉大的「詩史」。他晚年時是一個失敗、失業、衰老的逃難人。在大曆二年（767）——三年之後他便與

2　經典化（canonization）：文學作品如何變成「經典」的整個社會和文化過程。

世長辭——杜甫是這樣描寫自己：「長懷報明主，臥病復高秋」（〈搖落〉），就是說，我一直想建立很大的功業，回報我的皇帝，但在現實世界裏，我只是個老病人，每年都差不多。當時的杜甫看上去不是甚麼快要被經典化的詩人。

　　古典的不朽價值到底在哪裏呢？我們得回到語言方面：也許最重要的成分在於「文學」中的「文」。「文學」的「文」小篆作 🖎 ，甲骨、金文象人身上有花紋形，本義是紋身。[3]「文」字由最初指人身上所畫的紋飾，後來用以泛指符號，乃引申出「文字」意義的「文」。戰國竹簡中的「文」作「文章」解，《上海博物館藏戰國楚竹書（一）·孔子詩論》簡一：「文亡（無）隱意」，指文章沒有隱沒不發的意念。

　　當然，我們應該注意，「文學」這個意思，在歷史上，也是不停變化的。有時候它會顯得比現在較廣泛，有時候則比現在狹窄，甚至與現今對照之下會出現一些錯位或者盲點。例如在《論語·先進》說：「文學：子游、子夏。」從先秦時期的典籍可知此處的「文學」是指記載傳統禮儀、文化的學問，《韓非子·五蠹篇》即云：「文學習，則為明師。」到了秦漢，「文學」則與「方伎」經常並列，《史記·秦始皇本紀》：「悉召文學方術士甚眾，欲以興太平，方士欲練以求奇藥。」及至後漢時期，特別是建安之時，出現了一批文人，他們既不是術士，也不是以熟習儒學知名的儒士，而是比較純粹以

3　如《莊子·逍遙遊》：「越人斷髮文身。」《禮記·王制》：「東方曰夷，被髮文身」，孔穎達疏：「文身者，謂以丹青文飾其身。」

詞章為志業的群體，可以說正是漢魏之際文學的觀念才得以突出，因此我們可以看到《（前）漢書》僅有〈儒林傳〉而沒有〈文苑傳〉，而《後漢書》則明確分立〈文苑傳〉與〈儒林傳〉。

關於這一點，我們可以用梁朝昭明太子蕭統（501—531）的話來印證：

> 若夫姬公之籍、孔父之書……老莊之作、管孟之流，蓋以立意為宗，不以能文為本。……若賢人之美辭，忠臣之抗直，謀夫之話，辨士之端……雖傳之簡牘，而事異篇章。……至於記事之史，繫年之書，所以褒貶是非，紀別異同，方之篇翰，亦已不同。若其贊、論之綜緝辭采，序、述之錯比文華，事出於沉思，義歸乎翰藻，故與夫篇什，雜而集之。
>
> （〈文選序〉）

從上述可知，蕭統在編選他的文學選集時，顯然不把屬於「經」、「史」、「子」那些單純「以立意為宗，不以能文為本」的文章劃入收錄的範圍。而他的選取標準，就是文章與詩要「綜緝辭采」、「錯比文華」、「事出於沉思」、「義歸乎翰藻」。從此以後，雖然歷代對「文學」的定義或有所變動，但大抵都離不開蕭統所說的範圍。

不過，我們也需要注意，在先秦時期，「文學」這一概

念雖然和現在的意思不一樣，但這不代表那時候的人們對文學作品沒有一番理論性的探討，那時候當然有不少符合現代學術定義下所謂「文學」的探討。例如，古人很早就已經將文學與創作者心理加以聯繫。例如見於《尚書‧虞書‧堯典》的「詩言志」，就將文學創作看成是創作者個人情志的表達。又《楚辭‧招魂》所云：「人有所極，同心賦些」，則提到創作所要求的條件是「有所極」，即情感達到極致，才有所欲賦的「創作內容」。

文學作品中，美麗的「花紋」不少，例如音韻上的花紋，如押韻、平仄等；或者美麗的修辭，如有趣的比喻等。雖然如此，最能表現中國古典文學的特點是另一種花紋，是超越某一部作品或某一位作家的連結，是建構整個文學傳統的主要方法，即文學典故。

例如，以下這首詩是中國悠久文學傳統裏最美麗的作品之一。同時，是創作背景和具體含義都極其不明，而文學典故起特別大作用的一首詩。正因為如此，它可以幫我們瞭解中國文學的一些重要問題和方法。這首詩是晚唐詩人李商隱（813—858 年）的七言律詩〈錦瑟〉。關於題目，錦瑟是作品的頭兩個字，所以這首詩相當於「無題詩」。雖然「錦瑟」不像正式的詩題，但它仍然是文學作品的入口，包含着深刻的含意。古代的琴瑟並不是純粹為了使用而造出來的物品，而是用各種方法修飾出來的美術品。例如下圖所表現的是戰國時代的瑟枘。雖然它只算是整個古琴的微小的構件之一，但是連這個小東西也用鮮明的朱紅色和金色來畫龍的形象。寶

瑟枘（公元前三至二世紀，紐約大都會博物館藏）Zither String Anchor North China. 3rd—2nd century BCE. Metropolitan Museum. Accession Number: 2002.201.151. Public domain. https://www.metmuseum.org/art/collection/search/59546

貴的錦瑟當然有好的聲音，也有華麗的樣貌，而且表面上裝飾有纖密的花紋。錦瑟就是美麗的事物，而這些花紋更使它自然跟很多藝術品，跟藝術和花紋的無數網絡，連接起來。雖然錦瑟是物質的東西，但是它也是無數非物質的花紋群（原始意義的「文」）的象徵物。

錦瑟

李商隱

錦瑟無端五十弦，一弦一柱思華年。一
莊生曉夢迷蝴蝶，二望帝春心託杜鵑。三

滄海月明珠有淚，^四藍田日暖玉生煙。^五

此情可待成追憶，只是當時已惘然。

注釋

一 《史記・孝武本紀》：「泰帝使素女鼓五十弦瑟，悲，帝禁不止，故破其瑟為二十五弦。」「柱」指繫弦木。

二 《莊子・齊物論》：「昔者莊周夢為胡蝶，栩栩然胡蝶也，自喻適志與！不知周也。俄然覺，則蘧蘧然周也。不知周之夢為胡蝶與，胡蝶之夢為周與？周與胡蝶，則必有分矣。此之謂物化。」

三 左思〈蜀都賦〉：「碧出萇弘之血，鳥生杜宇之魄。妄變化而非常，羌見偉於疇昔。」《文選》注：「莊周曰：『萇弘死於蜀，藏其血，三年化為碧。』《蜀記》曰：『昔有人姓杜名宇，王蜀，號曰望帝。宇死，俗說云宇化為子規。子規，鳥名也。蜀人聞子規鳴，皆曰望帝也。』劉向〈雅琴賦〉曰：『觀聽之所至，乃知其美也。』」

四 《博物志》：「南海外有鮫人，水居為魚，不廢織績，其眼能泣珠。」據《博物志校證》卷二，頁 24，另參校勘記〔三四〕，頁 31。

五 戴叔倫（約 732－約 789）：「詩家之景如藍田日暖，良玉生煙，可望而不可置於眉睫之前。」

　　自古以來，歷代學者對〈錦瑟〉提出過各種不同的詮釋。比較常見的是「悼亡說」，⁴還有類似的「夫妻說」，⁵另外有「自

4　如朱彝尊曰：「此悼亡詩也。意亡者喜彈此，故觀物思人，因而託物起興也。瑟本二十五弦，弦斷而為五十弦矣，故曰『無端』也，取斷弦之意。『一弦一柱』而接『思華年』，年二十五而歿也。『胡蝶』、『杜鵑』，言已化去也；『珠有淚』，哭之也；『玉生煙』，已葬也，猶言埋香瘞玉也。『此情』豈待今日追憶乎？是當時生存之日，已常憂其至此而預為之『惘然』，必其婉約多病，故云然也。」

5　如程夢星曰：「夫婦琴瑟之喻，經史歷有陳言，以此發端，無非假借。詩之詞旨，蓋以錦瑟之弦柱實繁且多，夫婦之伉儷歷有年所，懷人睹物，觸緒興思。」

傳説」[6]，還有很多其他的説法，歷代學者認為〈錦瑟〉講的是愛情或者政治、或者歌中的其他課題。而我們可以注意到，所有的這些説法都是從**客觀歷史**的角度出發的。例如説，想探討〈錦瑟〉是不是悼亡詩，你閱讀再多都沒有用，想找出這個問題的答案，除非是找到新的歷史資料。你得先考證李商隱作詩的年代，當時妻子的年齡、還在不在等等。對於這些問題，我們暫時不需要考慮歷史文獻足不足夠回答，只需要注意到這些都是歷史事實的問題。

這首詩的研究史上，最大的突破應該是二十世紀的偉大學者錢鍾書所達到的。例如，他對頷聯提出這樣的解讀：[7]

> 「莊生曉夢迷蝴蝶，望帝春心託杜鵑」，言作詩之法也。心之所思，情之所感，寓言假物，譬喻擬象；如莊生逸興之見形於飛蝶，望帝沉哀之結體為啼鵑，均詞出比方，無取質言。舉事寄意，故曰「託」；深文隱旨，故曰「迷」。

錢先生是東西合璧的學者，對中國和歐洲的古典文學都

6　如汪辟疆曰：「此義山自道生平之詩也。第二句『思華年』三字，即一篇眼目。『莊生』句，喻己功名蹭蹬，以彼其才，又似非終身鬱鬱下僚者，天為之抑人為之也，故用莊生夢蝶事以見迷離恍惚，而『迷』字已透露之。『望帝』句，喻己抱一腔忠憤，既不得信，而又不甘抑鬱，只可以掩抑之詞出之，即楚天雲雨盡堪疑之意也。『滄海月明』喻清時，然珠藏海中，不能自見，以見自傷之意。『藍田日暖』喻抱負，然玉韞土中，不為人知，而光彩終不可掩，則文章之事也。」

7　錢鍾書著，《談藝錄》（北京：中華書局，1984 年），頁 436。

很熟悉，而且精通英文、法文、德文。他詮釋〈錦瑟〉，一方面依靠他對中國古典文學的博學，引用杜甫詩等資料；可是另一方面，他也換一個方法，用比較文學所得到的信息：不管是中國還是歐洲，文學傳統都表現一種「形象思維」，就是利用一些外在的事物（意象）來引發一些更抽象的情感。

但是李商隱在這首詩中所象徵的情感到底是甚麼呢？錢先生認為「首二句言華年已逝，篇什猶留」，其實與以上所引用的汪辟疆「自傳說」沒有衝突。錢先生利用比較文學的方法，也沒有放棄中國傳統「知人論世」的解讀。只是他把解讀的重點移到詩人如何表達自己的感慨，移到詩歌技巧和形象思維這個層次。正因為如此，他對頷聯的分析就很新穎：「此一聯言作詩之法也」。這是錢先生的一個大突破，是他的致命一擊，因為他完全改變了我們讀詩的框架。歷代批評家一直努力於尋找李商隱詩美麗意象的實際基礎是甚麼，而錢先生則勸我們往另一個方向去尋找，即李商隱詩關於藝術創造和詩學想像的深層意義。

被公認為哲學寓言的莊子蝴蝶夢怎麼可以看成作詩之法呢？蝴蝶夢本來是冷淡的故事。莊子化成蝴蝶還是蝴蝶化成莊子，兩個都無所謂，哲學意義在於說明人和動物都沒有永恆不變的性情，隨着外在條件的變化，我們的自我意識也會變。錢先生啟示我們還要注意到「莊生曉夢迷蝴蝶」這句的一個關鍵字「迷」。迷字原來不出現於《莊子·齊物論》，顯然是李商隱的加工，而效果不小。它可以提醒我們蝴蝶夢並不是歷史事實而是莊子創造的有趣故事，是莊子想像力的產

品。雖然《莊子》屬於古代散文，但它包含了很多詩意的內容[8] 雖然根據結論，蝴蝶夢的主要意義為「物化」的寓言，但是它裏面也包含着形象思維的成分，這是我們解讀《莊子》和李商隱詩同樣不可忽視的事實。

頷聯和頸聯裏面的意象其實一律都可以用同樣的方法解讀。望帝、珠淚、玉煙都跟作詩之法有關，都可以象徵很強的感情或者很美麗的東西發生轉變，就像詩人將他很雜亂、無序的情感都提煉成詩歌的過程一樣。最後尾聯就回到詩人本身。這些情感如何「成追憶」？不用説，是通過想像、通過詩歌。純粹的感情很容易丟失，需要通過詩歌的提煉才能保存為追憶。

而作詩之法也沒有那麼簡單，因為「當時已惘然」。這裏有一個很有趣的詮釋的挑戰，是「惘然」一詞的定義。「惘然」在唐朝可以有兩個不同的解釋：一為失意貌，一為疑惑不解貌（見《漢語大辭典》）。在這裏應該選擇哪一個呢？第一個可以跟首聯的「思華年」暗合，讓我們瞭解詩人對人生的失望。第二個可以總結頷聯和頸聯的那些莫名其妙的變化的意義，再次提到世界不可推測的無常。其實不用選擇：兩個涵義都跟〈錦瑟〉的主題密切相關，都很重要。

文學的研究方法總是這樣：不同層次的涵義，看似無關的暗示，互相矛盾的歧義都不要排斥，都可以幫我們解讀作品。而且閱讀的出發點也無限，從宏觀的問題入手也好、從

8　參見本書第八章。

極其微小的細節開始也好。正如華嚴宗的「一多相容不同」概念一樣，從某一個具體細節開始，與眾多其他方面連結起來探討，然後才能瞭解作品的全貌，同時也不能忘卻各個細節與眾不同的獨特性。

錢先生對〈錦瑟〉的解讀也並不是反駁前人的不同說法。反而，瞭解〈錦瑟〉與「作詩之法」可以幫我們瞭解李商隱作詩背後的感情有多深奧，所經歷的事情有多悲切。就是說，閱讀文學作品的正確方法並不是排斥歷史背景、上下文、創作情況等等外在因素，而是將更多繁密的因素都聯繫到文本本身。只是在〈錦瑟〉之類的作品中，因為我們對李商隱的私人生活瞭解不夠，再去討論是悼亡詩還是政治詩已經很不容易。更有前途的方向是利用一些文學技巧作為新的線索。

而〈錦瑟〉最突出的技巧，除了所謂形象思維以外，是「典故」的運用。李商隱用很多典故，一方面可以維持一種模糊的效果（即「惘然」），使讀者不明白詩人要說自己還是他人。另一方面，還可以將自己的感情跟文化傳統割裂開來，例如將自己的戀愛跟莊子的「迷」進行對比，這是極其有趣的創作方法，因為詩人間接地將《莊子》這本書的深奧哲學思想都寫入詩歌裏面。下一章將會探討中國古典文學傳統中最重要的藝術手法之一：典故。

第一章

典故

陶淵明親眼看到了桑樹顛上的公雞嗎？

陶淵明有一組詩〈歸園田居五首〉，歷來膾炙人口。陶詩似乎風格比較樸素，用典較少，而大自然的意象不少，以抒發自己所聽所見自傳性的內容為主。例如在組詩其一的第一二聯中，詩人追溯自己放棄州祭酒的官職，回到故鄉彭澤（今江西省九江市）的原因：

> 少無適俗韻，性本愛丘山。^一
> 誤落塵網中，一去三十年。^二
> 羈鳥戀舊林，池魚思故淵。^三
> 開荒南野際，守拙歸園田。
> 方宅十餘畝，草屋八九間。
> 榆柳蔭後簷，桃李羅堂前。
> 曖曖遠人村，依依墟里煙。^四
> 狗吠深巷中，雞鳴桑樹顛。^五
> 戶庭無塵雜，虛室有餘閒。^六
> 久在樊籠裏，復得返自然。

注釋

一　很多校本改「韻」為「願」，而我們應該儘量遵從原文。「韻」包含「情趣」之義。

二　陶淵明做官沒有三十年之久，所以有人改為「十三年」。「三十年」也許指陶淵明當時年齡。

三　〈古詩十九首・其一〉有「胡馬依北風，越鳥巢南枝」句。

四　曖曖：隱蔽昏暗貌。依依：隱約。墟里：村落。

五　本聯並不是新創的，而是化用了漢樂府詩的名句：「雞鳴高樹巔，狗吠深宮中」。

六　「虛室有餘閒」可以如字理解（空虛的房間裏消閒）。雖然這樣也沒錯，還包含着莫名其妙的哲學含意。《莊子・人間世》：「瞻彼闋者，虛室生白」。郭象《莊子注》：「夫視有若無，虛室者也。虛室而純白獨生矣。」成玄英《莊子疏》：「瞻，觀照也。彼，前境也。闋，空也。觀察萬有，悉皆空寂，故能虛其心室，乃照真源，而智惠明白，隨用而生。白，道也。」

　　人們對這首詩歷來評價很高，其原因不難理解。一方面，陶淵明描寫自己居住的地方，用最具體的量詞：「方宅十餘畝，草屋八九間」，欣賞很簡陋的風景：「榆柳蔭後簷，桃李羅堂前」。同時，他也似乎不着痕跡地將很深奧的道家思想寫進詩裏。最後當全詩達到道家最高境界「自然」時，讀者可以通過「樊籠」這種意象去清晰理解陶的意思，一目瞭然。袁行霈先生的評價很恰當：「此詩娓娓道來，率直之情貫穿全篇，其渾厚樸茂，少有及者。自『方宅十餘畝』以下八句，畫出一幅田園景色，仿佛帶領讀者參觀，一一指點，一一說明，言談指顧之間自有一種乍釋重負之愉悅。結尾二句畫龍點睛，包含多少人生經驗！」

　　袁先生的評價只有一點可以質疑。如果「狗吠深巷中，

雞鳴桑樹顛」屬於一幅田園景色的話，為甚麼桑樹顛上會有公雞呢？我個人二十年前第一次讀這首詩時就不明白這一點，今年重新閱讀的時候仍然感覺奇怪。其實，這兩句本來就不能用「人生經驗」這樣的框架去看待，而有必要另外對待，或許可以說屬於一種「文學經驗」吧。陶淵明與我們、袁先生、歷代學者都一樣；不管個人經驗如何，讀書經驗的分量都超過它。

陶淵明在這裏所化用的詩句來自無名氏的漢樂府詩「雞鳴高樹巔，狗吠深宮中。蕩子何所之，天下方太平。」陶淵明在自己作品中借用另一首詩的句子可以看成文學典故的使用。典故（allusion）是指：「詩文等作品中引用的古代故事和有來歷出處的詞語。」典故，其實就是在文學作品中涉及到另一個文本的詞語。用一個現代的比喻來解釋，典故就像一個網頁的連結（link），你按一下就會出現另一個網頁的內容，而這個新網頁，又和之前的網頁有內容上的關連，也能幫助你理解原本的網頁。而這些典故，通常都不僅僅是字面上的意義。要確切瞭解其意義，則必須對該文學作品所屬的文化傳統有深刻的認識。

正因為如此，陶詩所有的注本同樣都會引用那首漢樂府詩。雖然這樣理解沒錯，但是「雞鳴高樹巔，狗吠深宮中」到底為甚麼會連繫到「天下太平」？這個問題也可以用文學典故的概念去探討。「雞鳴」在中國古典文學傳統裏面有很特殊的含意，而它的原始含意需要回到古典文學的主要源頭《詩經》才能理解。

典故的特質

中國文學的基本表現手法，很多來自《詩經》。今本《詩經》裏面包括〈國風〉、〈雅〉、〈頌〉三大部分。十五國風大多出自周王朝所屬各國和各地區的音樂和詩歌，〈雅〉、〈頌〉部分則是與周王朝直接相關的音樂與歌詩。對後代詩歌產生最大影響的應該是〈國風〉。雖然〈國風〉中每一首詩的語言形式都很講究（參看本書第二章），但是所選的詞語比較簡單，很多應該屬於當時（周朝）的「普通話」。像「風雨」這個詞，當然不是很奇特的詞語，只是因為它在《詩經》的某一些特定作品裏面出現，所以受過傳統教育的讀者不難聯想到其出處和上下文。

因此，陶淵明用「雞鳴」兩個字，我們可以聯想到《詩經・鄭風・風雨》這首詩在重章疊句裏再三使用「雞鳴」一詞。另外，這種弦外之音往往與讀者的閱讀經歷有關，例如舊體詩會預期讀者不僅讀過《詩經》，而且讀的是同一個版本，即漢朝編成的《毛詩》，所以看到某一首詩就會想到《毛詩》的解讀。《毛詩》相傳為漢朝學者毛公（學界普遍認為指毛亨、毛萇叔侄）所編的詩集，但其「作者」到底是誰還有爭論；其中〈毛詩大序〉（附在〈關雎〉小序之後）原來有人相信是孔子的弟子子夏寫的。總之，大部分的內容應該是毛公和漢儒編寫的。

風雨淒淒，雞鳴喈喈。〔一〕

既見君子，云胡不夷。〔二〕

風雨瀟瀟，雞鳴膠膠。〔三〕

既見君子，云胡不瘳。〔四〕

風雨如晦，雞鳴不已。

既見君子，云胡不喜。

注釋

〔一〕 喈喈：擬聲詞。
〔二〕 不夷：不平。
〔三〕 膠膠：擬聲詞。
〔四〕 瘳（粵）：抽，（普）：chōu）：病癒。

　　當然，我們直接看《詩經》原文不一定會看懂詩歌的原意。文學作品的詮釋是對當代學者的挑戰：不管文學作品表面上的意思多麼簡單，它還是有可能包含各種深層的意趣。比如《詩經》，漢朝人已無法弄明白所有作品的寫作目的，所以學者開始提出一些大膽的詮釋。關於這首詩，〈毛詩小序〉曰：「〈風雨〉，思君子也。亂世則思君子不改其度焉。」因為陶淵明所面對的國勢也是「亂世」，我們比較肯定他在構思時有可能想到這個典故。

　　同時，我們還得區分古典文學中在典故以外，經常遇到的「重複短語」或「套語」。套語（formulaic expression），指日常應對會使用的習慣用語，通常較公式化，千篇一律。與一般中國所謂的那種背後有寓意、有故事的「成語」

並不相同。套語，在適當時候使用，能收簡潔典雅之效，如現在公函還會使用的「素仰」（一向仰慕）、「倘蒙」（若能得到）、「至深銘感」（十分感激）等。從《詩經》開始這些套語就很普遍，例如以下這一首〈周南‧樛木〉：

> 南有樛木，[一]葛藟纍之。[二]
> 樂只君子，[三]福履綏之。[四]
> 南有樛木，葛藟荒之。[五]
> 樂只君子，福履將之。[六]
> 南有樛木，葛藟縈之。[七]
> 樂只君子，福履成之。[八]

注釋

[一] 南：南土，指南國周南所在之地。樛（粵：鳩，普：jiū）木：也作朻木。或說樛木即高高的樹木；一說指向下彎曲的樹木。

[二] 葛藟（粵：壘，普：lěi）：葡萄科藤本植物，今名野葡萄（creeping grape），常攀附樹枝，一直向上蔓生至樹冠。纍：纏繞。

[三] 樂只：樂哉。「只」是語氣助詞。

[四] 履：祿。綏：安定。這句是說多福康寧的意思。

[五] 荒：掩蓋、覆蓋的意思。

[六] 將：扶助。

[七] 縈：纏繞。

[八] 成：成就。

　　古人或認為這是后妃的歌詩，或認為此詩為諸侯慕文王之德所作。現代《詩經》學者如聞一多等多以為這是一首祝賀新郎新婚的詩：詩以樛木比喻夫家，葛藟比喻出嫁

女子，「君子」則是對新郎的稱呼。本詩第一章末句「福履
綏之」這句話，與後面的「福履將之」和「福履成之」是
一種祭祀中祝福的成語、套語。西周金文中頗多「惟用妥
（綏）福」、「用妥（綏）多福」、「妥（綏）厚多福」等祝頌
語，大概始見於西周中期的鐘銘文。[1] 從三章重疊，往復讚
嘆來看，這首詩不必為新婚之辭，也不必為婦人之辭。與
同時代或稍早的西周金文相比較，倒像是祭祀中一般的禮
樂祭禱之辭。因此，「樂只君子，福履綏之」兩句都可視為
周朝的套語。比如《詩經》也有：「既見君子，樂且有儀」
（《小雅·菁菁者莪》）、「烈文辟公，綏以多福」（《周頌·
載見》）。這些套語構成一種共同的詩歌語言。[2]

典故的作用

典故的意義在於作者有意識地反思此前的文學與歷
史。正因為如此，典故是古典文學中最典型的文學技巧之
一。一個典故意味着後代作者閱讀前代作品以後，感覺到

---

1 參見陳致：〈古金文學與詩經文本的考釋研究〉，收入勞悅強、梁秉賦
   編《經學的多元脈絡——文獻、動機、義理、社群》（臺北：學生書
   局，2008 年），頁 289—332。

2 這其實正是近來西方文學批評所說的「互文性」（intertextuality）。互
   文性是一九六〇年代後結構主義批評家克莉思蒂娃（Julia Kristeva）提
   出的。意思是說每個文本都是由其他文本構成的。即使沒有明顯的典
   故，每一句可以看成一個或多個引文的綜合體。《詩經》的套語是很
   好的例子。因為互文性的存在，「典故」和「共同詩歌語言」的分別
   難以截然區分。

他跟前人的共鳴。典故不是潤色作品的工具，它包含獨特的文學史、文化史、語言史意義。

比如下文介紹的王粲〈七哀詩〉和《詩經・曹風・下泉》，它們之間的連結在於一個歷史意義極大的典故。

王粲是建安七子之一。建安七子又號鄴中七子，是指東漢末年漢獻帝建安年間的七位文學家：孔融、陳琳、王粲、徐幹、阮瑀、應瑒、劉楨。同時代曹丕的《典論・論文》首次將他們相提並論。後世將建安七子與當時的三曹（曹操、曹丕、曹植），視為三國時期文學成就最高的代表。王粲本人遭遇董卓之亂，由洛陽徙居長安。漢獻帝初平三年（192），董卓被呂布殺死，王粲流寓荊州，依劉表十六年，不受重用。建安十三年（208）秋，曹操南征荊州，粲歸附之，曹操授予他丞相掾的官位，賜爵關內侯，轉遷軍謀祭酒，官至侍中。

初平三年，西涼軍閥董卓被殺後，他的部將李傕、郭汜攻破長安，大肆燒殺搶掠，李郭二人又互相混戰，造成一場空前浩劫。王粲即在此時逃離長安。而這首作品正是他之後回憶逃亡荊州的路程時所寫的〈七哀〉三首其一。

題目「七哀」不見於漢樂府，可能是作者自創。至於為何是「七哀」，或許源於漢晉的文學與音樂中「七」頗為常見。比如曹植也有一首〈七哀〉，入晉後被編成歌辭。[3]

之前還有西漢枚乘的〈七發〉，是類似於漢賦的長篇詩歌，以後還有獨立的七體。雖然內容上截然不同，但還是可以說明「七」當時有深層的文學含意。

> 西京亂無象，^一 豺虎方遘患。^二
> 復棄中國去，^三 遠身適荊蠻。
> 親戚對我悲，朋友相追攀。^四
> 出門無所見，白骨蔽平原。
> 路有飢婦人，抱子棄草間。
> 顧聞號泣聲，^五 揮涕獨不還。
> 「未知身死處，何能兩相完？」^六
> 驅馬棄之去，不忍聽此言。
> 南登霸陵岸，^七 回首望長安。
> 悟彼下泉人，^八 喟然傷心肝。

注釋

一　西京：指長安。無象：沒有法道，即不成樣子。

二　豺：豺狗，今稱亞洲野狗，即英文的 dhole。豺虎：指挑起戰事的軍閥。方：正在。遘：同「構」，製造。

三　復：再次，表明逃離已經不止一次。中國：此指北方中原地區。

四　攀：謂攀拉車轅，表達不捨之情。

五　顧：回頭看。

六　兩相完：謂母子兩人都能夠保存下來。

七　霸陵：漢文帝劉恆陵墓，在今長安東南。岸：高地。

八　下泉人：〈曹風·下泉〉的作者。《毛詩》：「〈下泉〉，思治也。曹人疾共公侵刻，下民不得其所，憂而思明王賢伯也。」

　　詩作開篇即概括當時局勢混亂，因此詩人才無奈逃離長安。接着寫「親戚對我悲，朋友相追攀。」寫離別時的情景。「悲」的不僅有「親戚」，還有「朋友」；「相追攀」的也不僅有「朋友」，還有「親戚」，這是「互文」的結構。詩人描寫送別時的表情和動作，固然是為了表現詩人和親戚朋友的深厚感情，更重要的是製造一種悲慘的氣氛，使人感到這是一場生離死別。接下來，詩人濃墨重彩地勾畫出一幅圖像：纍纍的白骨，遮蔽了無垠的平原；飢婦無奈棄子逃難。清人吳淇説：「『出門』以下，正云『亂無象』。兵亂之後，其可哀之事，寫不勝寫，但用『無所見』三字括之，則城郭人民之蕭條，卻已寫盡。復於中單舉婦人棄子而言之者，蓋人當亂離之際，一切皆輕，最難割者骨肉，而慈母於幼子尤甚，寫其重者，他可知矣。」（《六朝選詩定論》卷六）好的文學作品經常利用這種個人化的描寫方法：以一個人所見所聞來反映整個社會、整個時代的悲哀。

　　詩作最後的「下泉人」既借用《詩經》典故表達「思治」求安、「思明王賢伯」的心願，也寄寓了對賢明的漢文帝的懷念。由此可知，詩人除了抒發亂世之中的無奈以及目擊反常倫理的悲痛之外，更希望有賢者出現，解救黎民於水火之中。因此若要明白王粲想表達的意思，讀者必須先在腦海中存有對〈曹風・下泉〉一詩的印象。現在我們再來看〈曹風・下泉〉：

冽彼下泉，¯ 浸彼苞稂。²
愾我寤嘆，³ 念彼周京。⁴

冽彼下泉，浸彼苞蕭。⁵
愾我寤嘆，念彼京周。

冽彼下泉，浸彼苞蓍。⁶
愾我寤嘆，念彼京師。

芃芃黍苗，⁷ 陰雨膏之。⁸
四國有王，⁹ 郇伯勞之。十

注釋

¯ 冽：寒冷。後代學者認為該作洌。下泉：從地下流出的水源。

² 苞：叢生。稂（粵：郎，普：láng）：野草，今名狼尾草，外形與「莠」（狗尾草）十分相似，亦與禾黍類植物近似。常雜生在農作物之間，對農夫而言是惡草，故〈小雅・大田〉云「不稂不莠」，希望沒有這些雜草，令穀物得以健全生長。

³ 愾：感慨、嘆息。寤：醒着。

⁴ 周京：即周朝國都。下章「京周」、「京師」意同。

⁵ 蕭：灌木狀菊科植物，今名（無毛）牛尾蒿。帶有香氣，古人採集以供祀用，即〈大雅・生民〉所說「取蕭祭脂」。

⁶ 蓍（粵：詩，普：shī）：菊科植物，即蓍草（yarrow），古人用蓍草莖來占卦問卜。

⁷ 芃芃（粵：篷，普：péng）：草木茂盛貌。

⁸ 膏：動詞，潤澤。

⁹ 四國：即各國。王：指周天子。

十 郇：通荀。郇伯：即荀伯，指荀躒，晉國六卿之一。周景王死後，敬

王與王子朝爭奪王位。荀躒領兵打敗王子朝，保護周敬王進入王城。及其後，荀躒又保護敬王返回成周。勞：勤勞。

此詩為百姓於東周遷都後，思念西周京師而作。前三章起首寫稂、蕭、蓍被水浸淹，暗喻周王朝遭傾覆，情調蒼涼。由於詩中提到郇伯，古人多以為這首詩講述的是周敬王（公元前 519 至 477 年在位）時期，晉國大夫荀躒率師勤王、平定王子朝叛亂一事。

將《詩經·曹風·下泉》與〈七哀詩〉互相比較，我們就可以發現很多相似之處：

一、國家都在傾頹之中；

二、百姓均生活困苦；

三、天子蒙難。

因此，王粲在作品中使用「下泉人」這個典故，除了希望加強讀者對其作品的瞭解、感受之外，更希望將〈下泉〉本身的寓意，加入到〈七哀詩〉之中。換言之，〈下泉〉最後一節寫到的晉國大夫荀躒率師勤王，平定王子朝叛亂之事，正是王粲期盼的未來。

李義山的典故密碼

現在再以李義山的另一首〈無題〉詩，作為理解中國古典文學特質的階梯：

來是空言去絕蹤，¯ 月斜樓上五更鐘。

夢為遠別啼難喚，書被催成墨未濃。

蠟照半籠金翡翠，二 麝熏微度繡芙蓉。三

劉郎已恨蓬山遠，四 更隔蓬山一萬重。

注釋

¯ 空言：空話，是說女方失約。

二 蠟照：燭光。半籠：半映。金翡翠：以金線鏽成翡翠圖案之帷帳。由於帷帳上部為燭照所不及，故云「半籠」。

三 麝熏：麝香的氣味。麝本動物名，即香獐，其體內的分泌物可作香料。這裏即指香氣。度：透過。繡芙蓉：指繡花的被褥。

四 劉郎：或許指漢武帝劉徹（公元前 156－前 87 年），見下文。蓬山：蓬萊山，指仙境。

　　本詩作「無題」，加上「劉郎」所指何人，古代學者一直未有定案，因此對詩義的分析一直眾説紛紜。想到仙人主題，初步的解釋是李商隱在用《幽冥錄》中劉晨與阮肇的故事。兩人在天台山吃仙桃後，見到兩個仙女，待半年後返回故鄉時，發現已經過了七個世代。「劉郎」雖然可以解為「劉晨」，但是詩歌其他內容似乎無關。

　　然而經過現今學者如劉若愚與周策縱等人的仔細爬梳，開始有了一個新的的觀點，即本詩所指的「劉郎」是漢武帝，而詩作的場景大受古小説《漢武故事》及《漢書·外戚傳·李夫人傳》中所述武帝命方士齊人少翁求再遇已故李夫人的故事影響。而這種引用前人史事名物於自己創作之中的手法，正是所謂「典故」。例如〈外戚傳〉於記武

帝「愈益相思悲感」後，繼稱：「上又自為作賦，以傷悼李夫人，其辭曰：……」賦中武帝的「驪接狎以離別兮，宵寢夢之芒芒」，意思相近李詩的「夢為遠別」；武帝的「勢路日以遠兮，遂荒忽而辭去」，意思相近李詩的「遠別」與「去絕蹤」。

雖然漢武帝的戀愛故事似乎在風格上更接近〈無題〉詩，但是這個猜測的證據也有不足之處。劉學鍇集解曰：「劉郎、蓬山雖用漢武求仙事，然僅取其字面，實兼用劉晨、阮肇事。」〈無題〉畢竟是故意地缺題，李商隱或許希望讀者會感到困惑，以使得詩的本事仍然不明。討論古典文學中的典故時，總要留意典故，正如文學解讀的很多其他問題同樣，沒有客觀的答案，而每次都需要讀者努力參與詮釋的過程。

二十世紀舊體詩中的用典

在二十世紀文學，文學典故並沒有消失。請各位讀一讀魯迅的一首古典詩〈秋夜有感〉：

綺羅幕後送飛光，[一] 柏栗叢邊作道場。[二]
望帝終教芳草變，[三] 迷陽聊飾大田荒。[四]
何來酪果供千佛，[五] 難得蓮花似六郎。[六]
中夜雞鳴風雨集，[七] 起然煙卷覺新涼。[八]

注釋

一 綺羅：華貴的衣服，這裏代指國民政府官員。

二 柏栗：《論語·八佾》：「哀公問社於宰我。宰我對曰：『夏后氏以松，殷人以柏，周人以栗，曰使民戰栗。』」所以柏栗叢是古人屠宰牲畜做祭祀的地方。道場：指國民黨舉辦的「時輪金剛法會」。

三 望帝：〔北魏〕闞駰《十三州志》：「望帝使鼈冷治水而滛（即淫）其妻。冷還，帝慚，遂化為子規。杜宇死時適二月而子規鳴，故蜀人聞之皆起（或作憐之）。」此處借代執政者。全句指當局整肅文壇，文人如驚弓之鳥。

四 迷陽：一種有刺的野草，即荊棘。聊：暫且。全句指當局用伶人支撐場面，掩飾文化空虛。

五 酪果：供品。

六 六郎：張昌宗，唐代美男子，武則天的情夫。《舊唐書·楊再思傳》：「……昌宗以姿貌見寵幸，再思又諛之曰：『人言六郎面似蓮花；再思以為蓮花似六郎，非六郎面似蓮花也。』其傾巧取媚也如此。」在詩中實指梅蘭芳。此句指當局也只能邀請梅蘭芳這些戲子，在眾人面前表演娛樂而已。

七 雞鳴：《晉書·祖逖傳》：「（逖）與司空劉琨俱為司州主簿，情好綢繆，共被同寢。中夜聞荒雞鳴，蹴琨覺曰：『此非惡聲也。』因起舞。逖、琨並有英氣，每語世事，或中宵起坐，相謂曰：『若四海鼎沸，豪傑並起，吾與足下當相避于中原耳。』」逖、琨皆與外族奮戰，乃人中豪傑。風雨：見《詩經·鄭風·風雨》。《毛詩序》：「〈風雨〉，思君子也。亂世則思君子不改其度焉。」

八 然：同「燃」。

　　本詩作於 1934 年。此年四月，國民黨在杭州舉行藏傳佛教儀式「時輪金剛法會」，並邀請梅蘭芳等演員表演戲曲。此詩原本無題，編入《集外集拾遺》時由許廣平題為〈秋夜有感〉。

　　〈秋夜有感〉不直接反映歷史背景或創作情況，而是通過很多複雜的文學技巧象徵作家矛盾的情緒。讀者想要深

魯迅手寫〈秋夜有感〉

入瞭解詩作，則必須先清楚明白詩作所使用技巧的意義。而此作其中一個最特別的技巧就是運用大量的典故，這正是中國古典文學的一個主要特點。

　　魯迅（1881—1936），是中國現代文學的奠基者。他原名周樹人，浙江紹興人。1918年5月，首次以「魯迅」作筆名，發表了中國文學史上第一篇白話小說〈狂人日記〉。他的著作以小說、雜文為主，代表作有：小說集《吶喊》、《彷徨》、《故事新編》；散文集《朝花夕拾》；文學論著《中國小說史略》；散文詩集《野草》；雜文集《墳》、《熱風集》、《華蓋集》等。雖然他在現代文學領域有卓越的成就，但依然有不少古典文學的創作存世，而這些作品正好體現出，

即使是最著名的現代文學家，到了創作古典文學的時候，還是會受該文學傳統的影響，不期然地表現出該文體所具有的特質。

在這一首詩作中，魯迅至少使用了六個典故：一、柏栗；二、望帝；三、迷陽；四、六郎；五、雞鳴；六、風雨，可以説如果沒有弄清楚這些典故，則詩作等同啞謎，根本無從欣賞，連最膚淺的表面上的意思都看不懂。其實，魯迅詩作中的「柏栗」、「望帝」等詞語也許不算嚴格意義上的「典故」。它們也有可能屬於舊體詩的共同語言，魯迅和當時的讀者們也許不會想到它們原來的出處。這樣的問題沒有定論，只能根據一些資料作自己的判斷。比如，望帝是古代歷史人物，提到他的名字一定會想到古代蜀國的歷史。同時，他在很多古典文學作品中都出現過，包括李商隱的名篇〈錦瑟〉，所以最早的出處不一定很重要。而「柏栗」，雖然看起來只是普通的詞語，但根據初步的考察，它在古代詩詞中很少見，所以我會判斷它的確是來自《論語》的典故。

所以，可以説，「古典」不等於「古代」。凡與悠久的文學傳統接軌的作品都可視為古典文學，即使是近代的魯迅，他的〈秋夜有感〉也稱得上是古典文學。而中國古典文學最核心的特點，就不單純是作品使用文言（例如本詩的「何來」……）、押韻（例如本詩的韻腳：光、場、荒、郎、涼）或者對偶（何來酪果供千佛，難得蓮花似六郎），而是也包括連接作品與文學傳統的「典故」。

小 結

　　古典文學作品是由典故和其他文學技巧與形式特徵構成的，而典故可以說是中國古典文學與其他國家的古典文學最大的相異之處。對二十一世紀的讀者來說，閱讀中國古典文學作品的最大難題，就是要正確解碼典故當中包含的訊息，而這則需要大量的閱讀才能有效地提高對古典文學的欣賞能力。更重要的是，典故可以幫我們瞭解古典文學到底是甚麼。中國古典文學不一定是華人寫的作品，不一定是偉大的作家寫的，不一定適合現代人的嗜好。其不朽之處就在於將某一個作家的個人經驗，與整個古典文學傳統連接起來。而構成這種連結最有效的方法就是使用文學典故，因此古典文學就是典故文學。

中
國
文
學
的
魅
力
：
一
位
漢
學
家
眼
中
的
古
典
文
學

本章參考書目

袁行霈：《陶淵明集箋注》。北京：中華書局，2003 年。

朱孟庭：《詩經重章藝術》。臺北：秀威資訊科技，2007 年。

陳致導讀，陳致、黎漢傑譯注：《詩經（新視野中華經典文庫）》。香港：
　　中華書局，2016 年。

余冠英：《三曹詩選（余冠英作品集）》。北京：中華書局，2012 年。

鄭文惠：《歷代詩選注》。臺北：里仁書局，1998 年。

林庚：《唐詩綜論》。北京：清華大學出版社，2006 年新版。

劉學鍇、余恕誠：《李商隱詩歌集解（修訂重排本）》。北京：中華書局，
　　2004 年。

葛新：《魯迅詩歌譯注》。上海：學林出版社，1993 年。

Hightower, James Robert. "Allusion in the Poetry of T'ao Ch'ien." *Harvard Journal of Asiatic Studies* 31(1971): 5—27.

Liu, James *The Poetry of Li Shang-yin*. Chicago, Ill.: University of Chicago Press, 1969.

Peng, En-hua Edward. "The Role of Allusion in Classical Chinese Poetry." Ph.D. dissertation, University of California, Irvine, 1994.

Wang, C.H. *The Bell and the Drum*: Shih ching *as Formulaic Poetry in an Oral Tradition*. Berkeley: University of California Press, 1974.（中譯本：楊牧著，謝謙譯：《鐘與鼓——〈詩經〉的套語及其創作方式》，成都：四川人民出版社，1990 年。）

專題研習

1. 〈古詩十九首〉其一：

> 行行重行行，與君生別離。
> 相去萬餘里，各在天一涯。
> 道路阻且長，會面安可知？
> 胡馬依北風，越鳥巢南枝。
> 相去日已遠，衣帶日已緩。
> 浮雲蔽白日，遊子不顧返。
> 思君令人老，歲月忽已晚。
> 棄捐勿復道，努力加餐飯。

　　粗體標示的一句可與《詩經‧秦風‧蒹葭》「道阻且長」並觀。兩首詩的關係算是典故嗎？為甚麼？

2. 李商隱〈牡丹〉：

> 錦幃初捲衛夫人，繡被猶堆越鄂君。
> 垂手亂翻雕玉佩，折腰爭舞鬱金裙。
> 石家蠟燭何曾剪，荀令香爐可待熏。
> 我是夢中傳彩筆，欲書花葉寄朝雲。

　　這首詩裏典故特別多。以這首詩為主要依據，試討論李商隱對「用典」的態度。

3. 陳子昂〈感遇詩三十八首〉其十七：

幽居觀大運，悠悠念群生。

終古代興沒，豪聖莫能爭。

三季淪周赧，七雄滅秦嬴。

復聞赤精子，提劍入咸京。

炎光既無象，晉虜復（一作紛）縱橫。

堯禹道既昧，昏虐世方行。

豈無當世雄？天道與胡兵。

咄咄安可言？時醉而未醒。

仲尼溺東魯，伯陽遁西溟。

大運自古來，旅人胡嘆哉。

試討論這首詩跟上文論及的王粲〈七哀詩〉的關係。

第二章

形式

　　一般的文學分析，都會將文學作品分為形式（form）與內容（content）兩大部分。形式相對於內容而言，指文學作品的外在結構。缺乏美好形式的文章就算不上「作品」，只是一連串詞語而已。只有具備形式結構，作品才算完整。

　　形式也不是古典作品獨有的。相對來說，古典文學作品的形式比較嚴格，比如律詩、詞、戲曲都有很多形式上的規矩（如平仄的對立、押韻等）。不過，凡是文學作品基本上都具有一些形式特徵。[1] 以古代的樂府詩為例，即使是普通的民歌，也會表現很多形式特徵，例如漢朝就有民歌〈薤露〉：

　　　　薤上露，何易晞。
　　　　露晞明朝更復落，
　　　　人死一去何時歸。

　　雖然今天無法考證這首歌原來是誰寫的，但至少可以

1　現代文學出現故意打破傳統形式的現象，要另外對待。

肯定它不太像漢朝文人的正式詩歌作品。漢朝宮廷文學最有名的產物是辭賦，為篇幅很長而詞彙很拗口的文類。〈薤露〉反而很簡短，但文學形式方面同樣講究。乍一看，讀者或許以為句子長短不一，有三言句和七言句。其實在七言詩裏，通常都可以用兩個三言句替代一個七字句，所以在格律方面〈薤露〉還是比較整齊。這樣算只有三句，還是有一點特殊，但不能算沒有格律。

另外，〈薤露〉也有幾個特色使得結構更緊密。首先，「晞」（東漢構擬音 hii）字和「歸」（東漢構擬音 kui）押韻，讀者讀到最後一個韻腳就會感到音韻的和諧。[2] 此外還有一些特殊技巧將詩歌的不同部分連結在一起。例如，將一個詞語或句子重複使用以強調語氣的手法——反覆（repetition）。其次，這首歌的主要意義在於一個對比，說明人間不像自然世界那樣永遠地循環，而是一去不返，一死不歸。這種修辭格可以叫「對照」（antithesis）。

現在的大眾可能不喜歡讀「詩」，但不喜歡聽歌的可謂絕少，可見「歌」今天有超過詩的吸引力。古代的情況不一樣：最古老的文學作品大多可以吟誦、可以歌唱，甚至可以說屬於一種「口頭傳統」（oral tradition）。現存最早的《詩經》注本《毛詩》（漢朝，約公元前第二世紀），其〈大序〉就這樣說：

2　東漢構擬音都根據 Schuessler 著 *ABC Etymological Dictionary of Old Chinese*.

詩者，志之所之也。在心為志，發言為詩，情動於中而形於言；言之不足，故嗟嘆之；嗟嘆之不足，故永（按，即詠之古字，下同）歌之；永歌之不足，不知手之舞之、足之蹈之也。情發於聲，聲成文，謂之音。

可見，古代人視詠歌為更直接、更根本的表達形式。而歌詞，正如上文分析，必須符合一些形式特點。例如文類上，需要押韻以及擁有固定的節奏。本章便會介紹中國古典文學最早的一些形式特色。

《詩經》：古典文學的源頭

就像今人一樣，古人也喜歡聽歌，而《詩經》正是古時候的一本歌曲集。這本中國最古老的文學選集包括了公卿列士獻給朝廷、以頌美或諷諫為主的詩，也包括了採詩之官在各地採集的民歌，以及周朝樂官保存下來的宗教和宴饗樂歌等。當然，《詩經》中到底哪些作品是民歌，哪些是宮廷音樂，一直存有爭論，無論如何，其他早期流傳文獻如《尚書》、《左傳》，或出土文獻如甲骨文、青銅器銘文，大多為實用目的寫成；《詩經》則不同，是配樂的歌詞，音樂性很強。它是中國最早的詩集，也可以看成最早的歌集。

　　《詩經》又名《詩》、《詩三百》、《三百篇》，大約在公元前六世紀左右成書，但內容是此前五百年間創作的，是西周和春秋時代的產物。西周（約公元前 1044 至 771 年）時期，中國分成多個諸侯國，即所謂分封建國，但周王朝有實際權力，首都雖在鎬京、豐京（西安附近），但天子有權巡守四方。其後踏入東周（前 770 年至 256 年），平王東遷洛邑（今洛陽），開啟春秋、戰國時期。《詩經》可以說反映了周王朝從盛到衰的過程。今本《詩經》裏面包括〈國風〉、〈雅〉、〈頌〉三大部分。〈國風〉大多出自周王朝所屬各國和各地區的音樂和詩歌，包括〈周南〉至〈曹風〉，共 160 首，分成十五國風，每一首篇幅較短。至於〈雅〉，共 105 首，可細分成〈大雅〉、〈小雅〉兩部分，是周朝的朝廷歌詞。而最後的〈頌〉有 40 首，分成〈周頌〉、〈魯頌〉、〈商頌〉，內容大多與祭祀有關。

　　閱讀《詩經》的時候，不能忽視「注釋」的作用。《詩經》的語言不是普通的文言文，而屬於更早的歷史階段，所以詞彙、語法和修辭方面都有特色，所以現代的讀者要依靠注釋才看得懂。最重要的注釋和解說有以下幾種：

- 《毛詩序》：分成〈大序〉（全書的序文，附於〈關雎〉小序之後）和〈小序〉（每一首詩的序文）

- 《毛傳》：毛亨，西漢魯人，毛詩學派的開創者，稱為「大毛公」；毛萇，西漢趙人，從毛亨學詩，稱為「小毛公」。毛詩學派將《詩經》編成今天的順序，加以名為「傳」的注解。

- 《鄭箋》：鄭玄（127—200 年），東漢末年經學大師，
  著作豐富，除《詩》以外，還給三禮等經籍作過箋
  注。
- 《毛詩正義》：《五經正義》之一。經學家孔穎達
  （574—648 年）在唐太宗的任命之下所主持編撰而
  成。

雖然個別的注解各有不同，但注釋之間的關係主要是
繼承而不是爭論，大致可看成「《詩經》的傳統解讀」。
雖然清代考證派的學者提出了很多有價值的觀點，現當代
的學者也有很多新穎的解讀，但我們畢竟繞不開傳統的解
讀，因為古人的說法總是反映古人的歷史語境，如漢代經
師解經時會以當時的情形比況，即使見解與作詩之際的背
景和語境不合，也某程度上反映了漢代的情況，不能忽視。

《詩經》的〈周頌〉

〈周頌〉，是周王朝祭祀時的樂曲，創作年代約在西周
時期，以歌頌周王室的功德為主，也祈求或感謝上天、祖
先的保佑，常雜有天命思想。如果從形式方面考察，讀者
不難發現〈周頌〉在《詩經》中是一個很特別的存在，因
為在技巧、手法上，大多數都還不成熟，甚至部分作品僅
僅是以斷句方式來表達而已。例如〈周頌·維天之命〉是
祭祀文王的樂歌，表現出對祭禮的恭敬誠懇：

維天之命，^一於穆不已。^二
於乎不顯！^三文王之德之純。^四
假以溢我，^五我其收之。
駿惠我文王，^六曾孫篤之。^七

注釋

一　維：念；一說發語詞。

二　於（粵：嗚，普：wū）：感嘆詞。下同。

三　於乎：讀作嗚呼，感嘆詞。不：讀作丕（粵：披，普：pī），即大。「丕顯」一詞，金文與《詩經》、《尚書》、《左傳》等先秦文獻中常見，是周人常用的讚美祖先和上天的詞語。

四　純：純粹。

五　假：通「嘉」，大。溢：通「益」，加之於我。

六　駿：通「畯」、「眕」，即「允」，信的意思。惠：順。

七　曾孫：泛指孫以後的後代。篤：專一，忠實執行。鄭玄《毛詩箋》:「曾，猶重也。自孫之子而下事先祖皆稱曾孫。是言『曾孫』欲使後王皆厚行之，非惟今也。」

此詩的形式看起來不符合詩歌的要求：押韻不合規則，詩句的長短不齊。格律更不是嚴格的四言體，而整首作品基本上也不押韻。「收之」和「篤之」似有韻而不然，上古音分別為：收 *xjiw 和 篤 *tuk。[3] 雖然如此，也有一些修辭特點，如反覆和諧音。「之德之純」或者「於」的重複，可以算簡單的反覆；「顯」、「純」雖然不是嚴格的韻，還是韻

3　根據許思萊（Axel Schuessler）的上古漢語擬音。

母相似之例。所以形式方面與流行歌詞相似，不像律詩等文體嚴格，也不是散文體。跟歌詞一樣，有形式要求而不太嚴格，很可能是四言詩的概念還沒有成立。其實，在西周或商朝，因為我們缺乏合適的文獻，所以不能確定當時文學作品的形式規則到底怎麼樣。形式有它的歷史，每個時代的要求都有變化。

《詩經·國風》的重章藝術

回頭來看〈國風〉，則活潑、有趣得多。在〈國風〉的篇章中，讀者可以看到動、植物和服飾等眾多物品的名字，描寫細膩生動，文學技巧、修辭方法豐富，音樂美很突出。而題材更是豐富多樣，包括：悼亡、別離、祝婚、求婚、出征、農事、諷刺等等。

國風的來源地分成十五個國，是指周朝統治下的不同地區，比如周南、召南可能指周朝國都鎬京南邊的一些地區；邶、鄘、衞都屬於古代衞國（今河北省南部和河南省北部一帶）；王風是東周新都洛邑周圍的作品；其他如鄭、齊、魏、唐、秦、陳、檜、曹、豳都指國（地區）。

以上談到有關〈國風〉的形式特點，可舉〈召南·殷其靁〉為例作進一步說明。這首詩，孔穎達的《毛詩正義》這樣介紹：「作〈殷其靁〉詩者，言大夫之妻勸夫以為臣之義。召南之大夫遠行從政，施王命於天下，不得遑暇而安

處，其室家見其如此，能閔念其夫之勤勞，而勸以為臣之義。」朱熹的解釋是相反的，他說：「南國被文王之化，婦人以其君子從役在外而思念之，故作此詩。言殷殷然靁聲，則在南山之陽矣。何此君子獨去此，而不敢少暇乎？於是又美其德，且冀其早畢事而還歸也。」兩個題解對基本創作背景的看法是相同的，只是他們所理解的妻子的態度則相反。毛詩的傳統認為她想勸丈夫努力為君王服務，而朱熹卻認為她求丈夫儘快回來。

> 殷其靁，˥在南山之陽。˨
> 何斯違斯，˧莫敢或遑？˦
> 振振君子，˥歸哉歸哉！
>
> 殷其靁，在南山之側。
> 何斯違斯，莫敢遑息？˦
> 振振君子，歸哉歸哉！
>
> 殷其靁，在南山之下。
> 何斯違斯，莫或遑處？˧
> 振振君子，歸哉歸哉！

注釋

一　殷：雷聲。靁，即雷。一說殷字通隱，「殷其靁」就是說隱隱聽到雷聲。

二　陽：山的南面。

三　斯：此、這。違：離開。何斯違斯，前一「斯」字指時間，後一「斯」字指空間。何斯違斯：何時離開這裏？

四　或：有。遑：閒暇。此句言不敢有所遲疑。

五　振振：振奮有為，或者說篤厚有信。

六　息：歇息。

七　處：居住。與其他詩中言「不遑啟處」、「不遑啟居」屬同一成語。

　　無論如何，這首是女子思念丈夫的詩。最明顯的特色就是疊字「振振」與疊詞「歸哉歸哉」。其實，此詩更有「疊章」（repetition of stanzas）的形式，即每章基本字句結構一樣，僅僅是變換幾個字而已。例如三章除了「之陽」、「之側」、「之下」以及「或遑」、「遑息」、「遑處」的變化之外，其他的字句都一樣，吟誦之間，自有一種迴環往復之妙。

　　這種精美的形式，如果將作品翻譯，則不一定能反映原詩的所有魅力。例如阿連璧（Clement Francis Romilly Allen, 1844—1920）對這首作品的翻譯：

"Thoughts in Absence"

My noble husband has gone away

　　To fight for his king, and the country's weal.

No moment he snatches to rest or stay,

　　No toil nor danger can quench his zeal.

I list to the distant thunder's roar

　　To the south of the mountains across the plain;

And wish that my husband may come once more

　　To gladden his home and his wife again.

　　譯者為了遷就明確的意思表達，卻捨棄了此詩最主要的文學特點，即它的重疊藝術。雖然如此，阿連璧成功保留了原詩的押韻形式：away 跟 stay，weal 跟 zeal 都押韻。

　　阿瑟‧魏理（Arthur Waley, 1889—1966）的翻譯則特別照顧到重疊的藝術：

> Deep rolls the thunder
>
> On the sun-side of the southern hills.
>
> Why is it, why must you always be away,
>
> Never managing to get leave?
>
> O my true lord,
>
> Come back to me, come back.
>
> Deep rolls the thunder
>
> On the side of the southern hills.
>
> Why is it, why must you always be away,
>
> Never managing to take rest?
>
> O my true lord,
>
> Come back to me, come back.
>
> Deep rolls the thunder
>
> Beneath the southern hills.
>
> Why is it, why must you always be away,
>
> Never managing to be at home and rest.

O my true lord,

Come back to me, come back.

　　魏理是重要翻譯家，第一位用比較忠實的翻譯方法將中國和日本的古代文學傑作介紹給西方的漢學家。譯作包括：《漢詩一百七十首》、《源氏物語》、《猴》（《西遊記》簡譯版）等等。魏理一生沒去過亞洲，但是他在解讀中國古典文學有一種無比的靈感，對詩歌的韻律和節奏關注很敏銳。儘管翻譯不能完全表達作品的藝術形式，但譯者還是盡力將之模擬出來，例如疊詞："Come back to me, come back"，以及疊章："Never managing to get leave?"、"Never managing to take rest?" "Never managing to be at home and rest."

　　我們每次試圖解讀文學作品時，不得不做出很多選擇。要重視文章的內容還是形式？通過作品去瞭解當時的歷史背景還是集中看作品本身？追溯作者的創作心態還是注重當時受眾的反應？閱讀的時候、學習的時候、翻譯的時候都要做同樣的選擇。這兩個譯本之間，無法判斷好壞、高下，只能試圖瞭解它們的不同選擇。閱讀文本也一樣：要選擇性地閱讀，選擇某一個出發點。

　　可是呢，形式與內容也不能完全分開。比如說，在這裏章節的結構也可以反映一個時間的過程。每次聽到雷聲，是很快的一剎那，一瞬間而已；但下一章重複雷聲和很多其他的詞語，意味着激動的感情看似極短暫，其實不然，因為妻子一直在等。這是一種內在時間和外在時間的矛盾。

《詩經》的疊字藝術

疊字和疊句的藝術，在以下一首詩〈周南·芣苢〉中達到高峰：

采采芣苢，¹薄言采之。²
采采芣苢，薄言有之。³
采采芣苢，薄言掇之。⁴
采采芣苢，薄言捋之。⁵
采采芣苢，薄言袺之。⁶
采采芣苢，薄言襭之。⁷

注釋

一　采采：形容詞，茂盛。芣苢（粵：浮以，普：fú yǐ）：草名，即車前草（plantain weed），種子和全草可以入藥，古人以為有助懷孕和治療難產，採集加以使用的風氣由來已久。

二　薄、言：語助詞。一說「薄」有「往」的意思。另說，「薄」通「迫」，薄言即急急忙忙。采：採，摘取。

三　有：收藏。

四　掇（粵：拙，普：duō）：拾取。

五　捋（粵：劣，普：luō）：取。

六　袺（粵：結，普：jié）：手執衣襟兜住物件。

七　襭（粵：揭，普：xié）：將衣襟插在腰帶上以盛載東西。

這是一首歌詠女性採集芣苢（字又寫作苡）的詩歌。方玉潤《詩經原始》說：「恍聽田家婦女，三三五五，於平

原繡野、風和日麗中，群歌互答，餘音裊裊，若遠若近，忽斷忽續，不知其情之何以移，而神之何以曠。」但採集者未必即為田家婦女，古代貴族的生活亦很接近自然；國君有自己所屬的公田，宮廷中的婦女也會從事採集、紡織、耕種等勞動。

本詩最特別的就是「采」這個字。「采」，既可以是「採集」的意思，也可以是「茂盛」的意思。這種多義的「雙關語」可以說是某一種延伸意義的「轉品」（antanaclasis），即同一個字，在不同詞性中就擁有不同的意義。雖然周朝時有可能是用不同的字詞，而這裏或許是記錄這首詩一時誤記而已，但效果還是好看。其實這樣的技巧是古代漢語中所謂「轉品」的特殊用法。轉品指的是原來為一種詞性的字，以不同的詞性運用，比如王安石的名句：「春風又綠江南岸，明月何時照我還？」（〈泊船瓜洲〉）「綠」本來是形容詞，這裏以動詞出現。[4]〈周南·芣苢〉中「采」的用法可以視為轉品的前身。

敘事者通過在詩篇中大量反覆，迴環往復，也正好豐富了詩歌的朦朧美。而這種「雙關語」，無論是白話，還是外語翻譯，都很難將之保留。現代學者余冠英在翻譯這首詩歌時就選擇了「不譯之譯」來保留這種藝術效果。以下是他對〈芣苢〉的白話翻譯：

---

4 黃慶萱：《修辭學》（增訂三版）（臺北：三民書局，2005 年），頁266。

車前子兒採呀採，採呀快快採些來。

車前子兒採呀採，採呀快快採起來。

車前子兒採呀採，一顆一顆拾起來。

車前子兒採呀採，一把一把捋下來。

車前子兒採呀採，手提着衣襟兜起來。

車前子兒採呀採，掖起了衣襟兜回來。

以上兩首〈殷其靁〉和〈芣苢〉都有很明顯而典型的結構，分成幾章，而每一章的內容差不多，只換幾個字而已。其實，這樣的反覆技巧在世界文學，尤其是在古代的歌謠中，都很普遍。西方學者稱為「遞進重複」（incremental repetition）。

比如〈召南・兔罝〉的「公侯干城」、「公侯好仇」、「公侯腹心」，每章的最後一句只換兩個字，而意思並沒有太大的變化。從這點來看，我們可以說《詩經》用遞進重複並不是偶然潤色作品的修辭格，而是完全有規律的形式特質。就是說，〈國風〉的基本文學形式包含幾個規則：四言詩句、押句腳韻、遞進重複。〈國風〉中詩歌形式真是嚴密無雙。

《詩經》的對照藝術

如果《詩經》的表現形式只有重章疊句和疊字而已，

一定很單調。同中有變才有趣。《詩經》的藝術效果依靠的是每一首詩不同的、緊密的形式。除了重複以外，還需要有系統的、有意義的變化。

讓我們再來看看另一首〈國風〉作品〈唐風·葛生〉：

葛生蒙楚，[一]蘞蔓于野。[二]
予美亡此，[三]誰與？[四]獨處。[五]

葛生蒙棘，蘞蔓于域。[六]
予美亡此，誰與？獨息。[七]

角枕粲兮，[八]錦衾爛兮。[九]
予美亡此，誰與？獨旦。[十]

夏之日，冬之夜。百歲之後，[十一]歸于其居。[十二]

冬之夜，夏之日。百歲之後，歸于其室。[十三]

注釋

一 葛：葛藤。蒙：覆蓋。楚：荊樹。
二 蘞（粵：斂，又讀廉，普：liǎn）：草名，今名烏斂莓（bushkiller），通常有五枚呈鳥足狀的葉子，故別稱五爪龍。蔓：蔓延。
三 予美：即我的愛人。
四 誰與：誰和我相伴。
五 獨處：一個人孤獨在家。
六 域：墳地。

七　息：休息。

八　角枕：以獸角裝飾的枕頭。粲：同燦。

九　錦衾：錦製的被褥。

十　旦：到達天明。黃焯《毛詩鄭箋平議》：「此詩首章云『誰與獨處』，與次章之『獨息』，三章之『獨旦』，互足為義，意謂予所美之人不在此，吾誰與居乎？惟旦夕獨處獨息耳。」

十一　百歲之後：死後。

十二　居：墳墓。

十三　室：墓室。

　　從內容上看，現代學者以為這是一首悼亡詩，比如姚小鷗教授說明：「詩歌前兩章寫女子哀嘆丈夫死後寡居的淒涼，每章前兩句運用了比興的手法，以『葛』、『蘞』本該攀附高大樹木，但卻在野地蔓延，失其所依，比喻女子失去丈夫後，無可憑依的痛苦憂愁；後三句轉入直接抒情，嘆息丈夫死後的孤單寂寞。」[5]

　　然而，《毛詩序》說這是諷刺晉獻公（前 651 年歿）好戰的詩，看似與現代的詮釋截然不同。其實，如果我們仔細看後代學者的具體解讀，就會發現傳統的說法跟現代的說法並沒有太大的衝突。比如《毛詩傳》說明第一章的意思：「興也。葛生延而蒙楚，蘞生蔓於野，喻婦人外成於他家。」唐代學者孔穎達還進一步解釋：「由獻公好戰，令其夫亡，故婦人怨之也。」所以兩種解讀是連貫的。

　　這首詩有兩個重要的對照（antithesis）。其一是起首

5　姚小鷗：《詩經譯注》（北京：當代世界出版社，2009 年）

以蔓生的雜草對比已經埋葬在黃土中的情人。雜草有所依附，相反自己現在卻孤苦伶仃。另一個對照是篇末：「夏之日，冬之夜」與「冬之夜，夏之日」，以現世有限的歲月，對比百年之後無窮無盡的時間。這種顛倒往復的句子結構，除了表達出敍事者在情人死後漫漫餘生的淒清煎熬之外，更抒發了渴望將來死後黃泉之下能與情人同寢共眠的盼望。這種修辭，再配合作品的局部「疊章」藝術：「予美亡此，誰與？獨處」、「予美亡此，誰與？獨息」、「予美亡此，誰與？獨旦」，一唱三嘆，更見其悲痛之情。

形式完美的唐代樂府歌曲

總結起來，詩歌的形式特徵是非常明顯的，從文類要求的觀點來看，詩歌必須押韻；每一句的字數方面也有嚴格的規定，比如詩經是四言，古詩是五言，等等。至於修辭手法，在詩歌這種文類形式中，常見的有反覆（repetition）、首語重複（anaphora）、對照（antithesis）、轉品（antanaclasis）、比喻、換喻、典故等等。當然，除了上述重點分析的《詩經》之外，其他詩歌也有類似的形式特徵。當中，以歌曲的形式最突出，因為其內容比較狹隘，需要最多的變化來吸引讀者。其實，古人和我們一樣，生活離不開歌曲和詩歌。

在中國文學史上，唐朝的樂府歌曲佔有很重要的地

位。比如張若虛的〈春江花月夜〉，放在當時和後代，都
是一首非常流行、火紅的「名曲」。〈春江花月夜〉題目共
五個名詞，剛好分別代表五種事物。全詩扣緊這五個字來
寫，但重點則在於「月」，由月出寫到月落。春、江、花、
夜，都圍繞着月作陪襯。全詩三十六句，四句一轉韻，每
韻構成一個小段落：

> 春江潮水連海平，海上明月共潮生。
> 灩灩隨波千萬里，￣何處春江無月明？

> 江流宛轉繞芳甸，月照花林皆似霰。
> 空裏流霜不覺飛，汀上白沙看不見。

> 江天一色無纖塵，皎皎空中孤月輪。
> 江畔何人初見月，江月何年初照人？

> 人生代代無窮已，江月年年祗相似。
> 不知江月待何人？但見長江送流水。

> 白雲一片去悠悠，青楓浦上不勝愁。
> 誰家今夜扁舟子，何處相思明月樓？

> 可憐樓上月徘徊，應照離人妝鏡臺。

玉戶簾中捲不去，搗衣砧上拂還來。

此時相望不相聞，願逐月華流照君。
鴻雁長飛光不度，魚龍潛躍水成文。

昨夜閒潭夢落花，可憐春半不還家。
江水流春去欲盡，江潭落月復西斜。

斜月沈沈藏海霧，碣石瀟湘無限路。
不知乘月幾人歸，落月搖情滿江樹。

注釋

一　灩灩：疊詞，用以描寫水波閃閃的樣子。

　　此詩看起來簡單：描寫敘事者在欣賞良辰美景之際，思索人生宇宙的哲理、抒發時不我與的惆悵與無力感，頓挫之餘仍不失剛健的風骨，誠謂千古名作。然而以形式觀之，此詩是無窮無盡的修辭源泉。

　　文類上，此詩當然符合樂府詩本身的要求，包括每句七個字，並且押韻，例如第一章：「春江潮水連海平，海上明月共潮生。灩灩隨波千萬里，何處春江無月明？」「平、生、明」押韻；第二章：「江流宛轉繞芳甸，月照花林皆似霰。空裏流霜不覺飛，汀上白沙看不見。」「甸、霰、見」

押韻；第三章「江天一色無纖塵，皎皎空中孤月輪。江畔何人初見月，江月何年初照人？」「塵、輪、人」押韻。

　　至於修辭，我們也一樣看到和《詩經》相近的幾種手法：「江天一色無纖塵，皎皎空中孤月輪。江畔何人初見月，江月何年初照人？」這幾句中「江」、「月」的反覆使用；「人生代代無窮已，江月年年祇相似」，則可見對照和疊字的運用；而「江畔何人初見月，江月何年初照人？人生代代無窮已，江月年年祇相似」，則可見「人」字在上一句詩之末和下一句之首重複出現，是頂真（anadiplosis）的顯例。

　　這種樂府歌辭一般用典較少，但也不能說字字無據。例如「白雲一片去悠悠」，我們可以對比《詩經·邶風·雄雉》：

　　　瞻彼日月，悠悠我思。
　　　道之云遠，曷云能來？

　　雖然不能說作者是故意地利用《詩經》，但「悠悠」在兩首詩的含意都很相似，都用來代表一種描寫天空的廣闊無邊的樣子，以便營造相思無限的感覺。雖然〈春江花月夜〉是空前未有的傑作，但是它的文字表現也學習歷代詩歌的一些前例。古典文學作品，無論多完美，沒有一篇是獨立的存在，而都產生於同一個龐大的符號系統。

中
國
文
學
的
魅
力
：
一
位
漢
學
家
眼
中
的
古
典
文
學

小 結

　　本章介紹古典詩歌的一些形式特點，大部分涉及到整個文學作品的結構。雖然如此，文學創作當然也包含很多獨特的技巧，「典故」就是其中之一（另一種更微妙的手法叫「比喻」）。不過，讀懂一首詩的主要前提就是瞭解它的形式，因為形式是感情、思想、寓意、音韻、意象、修辭等成分的載體。

本章參考書目

白川靜著，杜正勝譯：《詩經研究 —— 中國古代歌謠》。臺北：幼獅文化
　　事業公司，1974 年。

朱孟庭：《詩經重章藝術》。臺北：秀威資訊科技，2007 年。

陳致：《從禮儀化到世俗化 ——〈詩經〉的形成》。上海：上海古籍出版社，
　　2009 年。

陳致導讀，陳致、黎漢傑譯注：《詩經（新視野中華經典文庫）》。香港：
　　中華書局，2016 年。

張春榮：《修辭散步》。臺北：東大圖書，1991 年。

程章燦：《唐詩入門》。香港：中華書局，2018 年。

黃慶萱：《修辭學》（增訂三版）。臺北：三民書局，2005 年。

Waley, Arthur. *The Book of Songs.* London: Allen & Unwin, 1937.

Kennedy, George A. "Metrical Irregularity in the *Shih-ching.*" *Harvard Journal
　　of Asiatic Studies* 4 (1938): 284－96. Rpt. *Selected Works of George A. Kennedy.*
　　Edited by Li Tien-yi, 10－26. New Haven: Far Eastern Publications, Yale
　　University, 1964.

專題研習

1.《詩經·檜風·隰有萇楚》：

> 隰有萇楚，猗儺其枝。
> 夭之沃沃，樂子之無知。
> 隰有萇楚，猗儺其華。
> 夭之沃沃，樂子之無家。
> 隰有萇楚，猗儺其實。
> 夭之沃沃，樂子之無室。

　　試分析這首詩中「遞進重複」的效果。你對這首詩的
理解跟古代的注釋家有何同異？

2. 本章所介紹的文學技巧以及研究方法，大多也可以適用到其他國家的文學。試分析美國詩人 Edgar Allan Poe（愛倫·坡）的 "Annabel Lee"（〈安娜貝爾·李〉，附曹明倫的中譯）的形式特點：

It was many and many a year ago, In a kingdom by the sea, That a maiden there lived whom you may know By the name of ANNABEL LEE; — And this maiden she lived with no other thought Than to love and be loved by me.	那是在很多年很多年以前， 在大海邊一個王國裏， 住着位你也許認識的姑娘， 她名叫安娜貝爾·李—— 那姑娘她活着沒別的心願， 與我相愛是她的心思。
I was a child and she was a child, In this kingdom by the sea; But we loved with a love that was more than love— I and my Annabel Lee— With a love that the winged seraphs of heaven Coveted her and me.	她是個孩子而我也是孩子， 在大海邊那個王國裏， 但我倆以超越愛的愛相愛—— 我和我的安娜貝爾·李—— 以一種愛連天上的六翼天使 對她和我也心生妒意。
And this was the reason that, long ago, In this kingdom by the sea, A wind blew out of a cloud, chilling My beautiful Annabel Lee; So that her highborn kinsman came And bore her away from me, To shut her up in a sepulchre In this kingdom by the sea.	而這就是原因，在很久以前， 在大海邊那個王國裏， 趁黑夜從雲間吹來一陣冷風 寒徹我的安娜貝爾·李； 於是她出身高貴的親屬前來 從我的身邊把她帶去。 把她關進了一座石鑿的墓穴 在大海邊的那個王國裏。

第三章

比喻

世界文學中，「比喻」手法被普遍使用，比如英國詩人馬佛爾（Andrew Marvell, 1621—1678）的名篇〈致怯情人〉（"To His Coy Mistress"）（呂健忠譯）：

But at my back I always hear

Time's wingèd chariot hurrying near:

And yonder all before us lie

Deserts of vast eternity.

可是背後我總聽見

時間飛車緊逼追趕；

何況你我眼前橫陳

永恆的荒漠一望無垠。

本詩以戰車比喻時間（「時間飛車」），而這戰車是由有翅膀的馬所牽引的，正好暗合西方神話中太陽神阿波羅駕馬車巡天的典故。同樣，詩人以看不到止境的空間——沙漠——比喻永恆的時間（「永恆的荒漠」）。這兩聯用兩個比喻潤色，而兩個比喻都可以算傳統西方詩學中比較

典型的修辭方式。這種比喻可以使文章更美麗燦爛；同時可以吸引讀者，因為這種比喻利用具體事物替代抽象的思想，可以達到一種更物質的、實體的效果。

這種修辭方式在西方文學中很普遍，而且頗受到後代讀者和學者的重視。因此我們現當代人談起文學時，不得不涉及到比喻。中國古代文學也出現過同樣的比喻嗎？

《詩經》中最基本的比喻技巧：換喻（metonymy）

《詩經》的「賦比興」技巧當然很有名，跟比喻的關係也很密切。不過，這些術語都比較深奧，尤其是「興」，專門討論「興」的專書已不能勝數。因此，我們可以先從一個比較簡單的概念開始，即所謂換喻（metonymy），還有類似的概念借代（synecdoche）。[1] 換喻是用密切相關的事物來代替擬表達的事物。比如，用「中南海」代替中國政府，或 Pentagon 代替美國軍方。Shakespeare 的 *Julius Caesar*: "Friends, Romans, countrymen, lend me your ears!" 當然不是指「借給我耳朵」，而是用耳朵代替聆聽本身。至於在《詩經》裏，這種例子也不少，比如《詩經·周南·兔罝》是一首歌頌武士之詩：

1　關於中國的「借代」，黃慶萱的分析很精彩，可參看：《修辭學》（增訂三版）（臺北：三民書局，2005 年），頁 355—375。

蕭蕭兔罝，⁻椓之丁丁。二
赳赳武夫，三公侯干城。四

蕭蕭兔罝，施于中逵。五
赳赳武夫，公侯好仇。六

蕭蕭兔罝，施于中林。七
赳赳武夫，公侯腹心。八

注釋

一　兔罝（粵：遮，普：jū）：捕兔的網。蕭蕭：本為象聲詞，在《詩經》
　　中多形容鳥羽扇動的聲音，這裏形容兔網的繁密。

二　椓（粵：啄，普：zhuó）：將繫上兔網的木椿打入地下。丁丁（粵：錚，
　　普：zhēng）：擬聲詞，形容打擊木椿的聲音。

三　赳赳（粵：九，普：jiū）：形容詞，雄壯威武。夫：武士。

四　公侯：古代爵位名稱，此處指有上位者。干：盾，防衛武器。干、
　　城皆用於防衛，比喻能防外安內的人才。

五　施：放置，設置。中逵：即逵中，街道縱橫交錯的路口。

六　好：形容詞，美好，絕佳。仇：同「逑」、「雔」。好仇，好夥伴。

七　中林：即林中。

八　腹心：即心腹。

　　詩中描寫了武士隨從國君畋獵。詩人看到他們布置兔
網的才幹，稱許他將是國家的棟樑，可以成為公侯的「干
城」、「好仇」、「腹心」。「腹心」一詞，為當時常用詞語。
以疊字來象徵聲音是《詩經》經常使用的手法：例如本篇

就以「蕭蕭」形容雀鳥翅膀扇動的聲音;「丁丁」形容敲打木椿的聲音。至於「赳赳」,《說文解字》說:「赳,輕勁有才力也。」疊加起來則是形容勇武的樣子。而此詞連用三次,可見敍事者對武士的讚美與重視。

這首詩運用遞進反覆的手法,每一章的下兩句差不多一樣,不同的只有最後兩字而已:「干城」、「好仇」、「腹心」。除了「好仇」顯然只是直接讚美武士的詞語外,餘下兩個詞利用了一種文學手法,就是「換喻」。當然,這不是純粹的描寫,因為武士不是干城,又不是腹心。其實,這是一種比喻:公侯依靠武士,就像他們依靠自己的干城和腹心一樣。可是呢,仔細看的話,我們會發現,這個比喻並非選擇完全無關的東西代替武士本人。武士打仗的時候,手裏拿着盾牌,在城牆上防備;而腹心更是公侯和武士體內實實在在的器官。因此,干城和腹心都是換喻,而腹心同時可以算借代,因為腹心本就是人身體的一部分,是以局部概括全體。

我們可以注意到,雖然換喻能夠讓很簡單的句子更好聽一些,增加文學效果,但是並不是只有文學作品中才會出現這種修辭手法,普通的語言中也常常出現換喻。比如心腹是現代漢語仍然常用的詞語。再比如「名」原來是人的稱號,後來延伸發展為人的聲譽這種更抽象、但仍然跟原來字義有關連的意思。其實,比喻思維是一種自然而然的過程,是人類的一種本能。有當代學者甚至認為語言的根本就是比喻。

比喻在《詩經》中很普遍，從〈兔罝〉一詩也能看到另一個用例。這首詩裏面的比喻修辭很豐富：作為詩題的「兔罝」本身就是一種比喻（暗喻），因為兔罝和武夫都可以說是暴力的工具（但不是換喻，因為兩者沒有直接關係）。

西方學者自古希臘哲學家亞里士多德以來早已注意到比喻的意義，認為它是修辭的一部分。修辭本來是美言的藝術，是使得文章更優美或演講更動聽的一種技術。其實，比喻不僅是修辭和文學的概念，還擁有重要的哲學意義。比喻可以顯示屬於不同範疇的事物的相似性，跟人類基本思維方式有關係：人腦的神經網絡擅長發現相似性。比喻更是人類思維方式中，在邏輯以外的另一種特徵。很多比喻超越普通邏輯的範圍，例如「葛生蒙楚，蘞蔓于野」，或許跟悼亡沒有明顯的連繫，太陽跟馬車也沒有科學上的關係，這種比喻並非由一般理性學習得來。這些都屬於另一種思維方式才能理解的關係。因此，意大利哲學家維柯（Giambattista Vico, 1668—1744）認為比喻正是他所說的「詩性智慧」的核心，因為比喻可以聯繫抽象與具體的概念。[2]

現代科學方法反而排斥比喻。一輛戰車快不快只靠它的原子構成，它沒有「快速」的本質。兄弟關係在不同物種裏具有不同的含意，如哺乳動物和植物從生物學的角度看是不能對比的。文學就不一樣，對文學家來說，從來沒有純粹的、單純的現實，各個現象會隨着觀者發生轉變。鵜

---

2 羅青：《興之美學》（香港：初文出版社，2018 年），頁 28。

鴿鳥的文化含義在中國和美國、現代和古代，都不一樣。這並不是說彼此看不懂；仔細、緩慢地閱讀，可以瞭解不同時代的表現方法。而且，一些具體的方法還是類似的，比如「明喻」。

《詩經》的明喻（simile）

除了換喻以外，各種比喻在《詩經》中都能看到。例如〈衞風·碩人〉是這樣來讚美衞莊公的夫人莊姜：

> 碩人其頎，¯衣錦褧衣。²
> 齊侯之子，衞侯之妻，
> 東宮之妹，邢侯之姨，譚公維私。³
>
> 手如柔荑，⁴膚如凝脂，
> 領如蝤蠐，⁵齒如瓠犀，⁶螓首蛾眉。⁷
> 巧笑倩兮，美目盼兮。
>
> 碩人敖敖，⁸說于農郊。⁹
> 四牡有驕，朱幩鑣鑣，¹⁰翟茀以朝。¹¹
> 大夫夙退，無使君勞。

河水洋洋，北流活活。

施罛濊濊，[十二]鱣鮪發發，[十三]葭菼揭揭，[十四]

庶姜孽孽，[十五]庶士有朅。[十六]

注釋

一　碩人：高貴的人。頎（粵：其，普：qí）：長貌。

二　褧（粵：炯，普：jiǒng）：用麻或細紗縫製的單衫。一說「罩袍」。

三　私：姊妹之夫。

四　荑（粵：提，普：tí）：茅芽。

五　蝤（粵：酬，普：qiú）蠐（粵：齊，普：qí）：天牛的幼蟲。

六　瓠犀：瓜的種子。

七　螓（粵：秦，普：qín）：一種頭方而闊的小蟬。

八　敖敖：長貌。

九　說（粵：歲，普：shuì）：舍息。指的是莊姜往衛國的首都，還沒到首都的時候，在郊外休息。

十　幩（粵：焚，普：fén）：馬御兩旁的綢條飾物。鑣鑣：盛多貌。

十一　翟（粵：狄，普：dí）茀（粵：忽，普：fú）：用雉羽遮蓋。

十二　罛（粵：古，普：gū）：魚網。濊濊（粵：括，普：huò）：魚網投水的聲音。

十三　鱣（粵：煎，普：zhān）鮪（粵：偉，普：wěi）：類似於鯉魚的魚。發發（粵：鉢，普：pō）：擬聲辭。也是疊詞，意思會在不同的語境下發生轉變，比如下引〈小雅．蓼莪〉亦有「發發」，注云形容風疾吹聲，是不同用法。

十四　葭（粵：加，普：jiā）菼（粵：毯，普：tǎn）：蘆和荻。揭揭：高長貌。

十五　庶姜：莊姜的親戚。孽孽：眾多。

十六　朅（粵：揭，普：qiè）：武壯貌。

「手如柔荑，膚如凝脂，領如蝤蠐，齒如瓠犀，螓首蛾眉。巧笑倩兮，美目盼兮。」這一段描寫衛侯夫人美貌的名句就是用了比喻；而這種比喻，就是明喻（simile）。《教

育部重編國語辭典修訂本》這樣解釋明喻：

> 凡喻體（tenor）、喻詞（ground）、喻依
> （vehicle）三者具備的譬喻，稱為「明喻」。如「君
> 子之交淡若水，小人之交甘若醴」一句的「君
> 子之交」是喻體，「若」是喻詞，「水」是喻依。

明喻的例子不勝枚舉，西方就有很多，如《聖經‧雅
歌》（"The Song of Songs"）文理和合譯本：「王女歟，爾
足着履，何其美好，**爾股豐潤如玉**，巧工所製。」；喬治‧
赫伯特（George Herbert）的名句："Grief melts away / like
snow in May"（悲傷融化／如五月的雪）等等，不一而足。

話說回來，〈衞風‧碩人〉與一般用比喻的作品有所不
同，那就是全段用了四個「如」字，各緊貼一個喻詞，一
氣呵成，令人目不暇給。錢鍾書將這種在一篇作品裏用多
個喻依描述同一個喻體的手法叫做「博喻」：「一連串把五
花八門的形象來表達一件事物的一個方面或一種狀態。這
種描寫和襯托的方法彷彿是採用了舊小說裏講的『車輪戰
法』，連一接二的搞得那件事物應接不暇，本相畢現，降伏
在詩人的筆下。」[3]

3　錢鍾書：《宋詩選注（錢鍾書集）》（北京：三聯書店，2003 年），頁
99—100。

比喻和比興的對比

在〈小雅·常棣〉這首詩中，要準確辨別其中常棣、鶺鴒的含義，就必須如上文所說，對當時的文化傳統和具體的詩篇有所把握，才能對之有透徹的瞭解。

常棣之華，⁻鄂不韡韡。二
凡今之人，莫如兄弟。

死喪之威，三兄弟孔懷。四
原隰裒矣，五兄弟求矣。

脊令在原，六兄弟急難。七
每有良朋，八況也永嘆。九

兄弟鬩于牆，十外禦其務。十一
每有良朋，烝也無戎。十二

喪亂既平，既安且寧。
雖有兄弟，不如友生？十三

儐爾籩豆，十四飲酒之飫。十五
兄弟既具，十六和樂且孺。十七

妻子好合，^{十八}如鼓瑟琴。

兄弟既翕，^{十九}和樂且湛。^{二十}

宜爾室家，^{二十一}樂爾妻帑。^{二十二}

是究是圖，^{二十三}亶其然乎？^{二十四}

注釋

一　常棣：薔薇科落葉灌木或小喬木，今名棠梨（birchleaf pear），果實分
　　為紅白兩類，其中赤棠酸澀不易入口，亦即〈唐風・杕杜〉的「杜」；
　　白棠酸味少而可口，即〈召南・甘棠〉所謂的「甘棠」，一般簡稱為
　　棠的都指白棠。華：「花」的古字，音義均同。

二　鄂：托住花朵的部分，通「萼」，英文 calyx；萼跗一詞。不：通「丕」，
　　大。韡韡（粵：偉，普：wěi）：字通「煒」，鮮明茂盛貌。棠梨花有
　　一圈鮮明的花萼，花開時承托着花瓣，就像兄弟互相扶持。

三　威：通畏，指可怕的事。

四　孔：非常。懷：思念。

五　原：高的平原。隰，低的濕地。裒（粵：掊，普：póu）：聚集。黃焯
　　《毛詩鄭箋平議》：「『原隰裒矣』句與上文『死喪之威』連屬言之，意
　　謂人當群聚於郊野之時，遇生死患難之可畏，則甚思求兄之相助也。」

六　脊令：鳥名，現代學名寫作鶺鴒。體小，喙尖，行走時尾巴不斷搖動，
　　正正是其英文名 Wagtail 的意思。陳奐《詩毛氏傳疏》：「脊令喻兄弟，
　　脊令言飛行不舍。」

七　急：動詞，搶救。難：危難，近於成語「急人之難」的意思。

八　每：雖。

九　況：意同「茲」，指此刻也只能對着良友長嘆。

十　鬩（粵：益，普：xì）：爭吵、相爭。

十一　外：外敵。禦：抵禦。務：即「侮」的假借。

十二　烝：長久；一說為發語詞。戎：幫助。

十三　友生：即友人。

十四　儐：陳設。爾：你。籩（粵：邊，普：biān）：古代祭祀或宴會時盛果
　　　脯的竹器。豆：古代盛肉或熟菜的食器。

^{十五} 之：即是，語助詞。飫：古代國君宴請同姓貴族的私宴。

^{十六} 具：通「俱」。既具：已經都來齊了。

^{十七} 和樂：和睦快樂。孺：親愛。

^{十八} 好合：即相愛相配合，夫唱婦隨。

^{十九} 翕 （粵：邑，普：xī）：和睦。

^{二十} 湛 （粵：眈，普：dān）：通耽，盡情歡樂。

^{二十一} 宜：善。

^{二十二} 樂 （粵：ngaau6，普：yào）：喜歡，讀作「敬業樂群」之樂。帑：同「孥」，子女。

^{二十三} 究：深思。圖：考慮。

^{二十四} 亶 （粵：坦，普：dǎn）：誠然。其：指上句「宜爾室家，樂爾妻帑」。然：如此。

此詩歌詠兄弟情誼。「凡今之人，莫如兄弟」一句即本詩主旨（但值得注意的是《詩經》中所說的「兄弟」與金文中的意義相近，往往指周王的同姓諸侯）。常棣、鶺鴒與兄弟的關係究竟如何，不同時代的讀者會因應自身的文化傳統，而產生不同的理解。簡單來説，一般對此有兩個看法。一個讀法是從中國漢朝以來的「賦比興」傳統而來，見於鄭玄（127—200）《毛詩鄭箋》、朱熹（1130—1200）《詩集傳》等。另一個讀法就是從現代文學理論的「比喻」概念而來。不同的閱讀方法，導致答案各有不同。

中國傳統文學批評的賦比興理論，漢儒鄭玄曾概括：「賦之言鋪，直鋪陳今之政教善惡。比，見今之失，不敢斥言，取比類以言之。興，見今之美，嫌於媚諛，取善事以喻勸之。」（《周禮・春官・大師》鄭注）朱熹也説：「賦者，敷陳其事而直言之者也」；「比者，以彼物比此物也」；「興

者，先言他物以引起所詠之詞也」（《詩集傳》）。用現代語言來説，「賦」是指直接描寫；「比」指用具體事物象徵人倫關係或政治寓意；「興」指起頭，由另一件事物引出話題。雖然如此，早期文獻對「比」和「興」的區分不是非常嚴格，很多時候經常混用。如果用這個傳統理論來看《小雅‧常棣》，究竟會對這首詩有甚麽看法呢？下面僅列出三個著名的例子：

> 《毛詩序》：「《常棣》，燕兄弟也。閔管、
> 蔡之失道，故作常棣焉。」毛傳：「興也。」

管、蔡指管叔鮮與蔡叔度，周武王之兩弟。「燕」通「宴」，指「宴饗」。所以《毛詩序》認為這首詩有較清楚的政治目的，想説明兄弟關係的重要性。同時，它沒有解釋常棣和鶺鴒意象的具體作用，而只説「興也」，可以説是一種佔位符（placeholder），將意象定位為《詩經》特有的「興」。

> 鄭玄箋：「（毛傳：興也。）興者，喻弟以
> 敬事兄，兄以榮覆弟，恩義之顯，亦韡韡然。」
> 「（毛傳：脊令，雝渠也。）雝渠，水鳥而今在
> 原，失其常處，則飛則鳴求其類，天性也，猶
> 兄弟之於急難。」

鄭玄的《詩箋》不是從零去解釋《詩經》的文本，而是以補充《毛詩》和《毛詩序》為主，所以鄭玄沒有必要再說明「興也」。當脊令失去居處而棲止於高原，便鳴叫尋其同類，就好像人遇到危難，就會呼喊兄弟前來相助一樣。而兄弟之間因此更要和睦相處，各盡其分，「弟以敬事兄，兄以榮覆弟」。如果再與當時的分封建國制度合而觀之，則本詩更是有同姓諸侯重申兄弟之義的情懷。

根據鄭玄自己對賦比興的分析，這種褒義的意象應該算是「興」。然而，鄭玄的詳細分析中用了「喻」字，即認為常棣和鶺鴒都有很具體的比喻性，不太像他對「興」的定義「取善事以喻勸之」。雖然鄭玄是詩經學早期的權威之一，而且他的解釋相當有說服力，但是畢竟他的立場跟我們差不多，無非在猜測詩作的本意。

> 朱熹注：「興也。」「此燕兄弟之樂歌。故言常棣之華，則其鄂然而外見者，豈不韡韡乎。」「脊令飛則鳴，行則搖，有急難之意，故以起興。」

朱熹的不同是，將「比」和「興」分得比較嚴一點，所以他說是「興」，就意味着沒有必要指定兩個意象的具體涵義。他好像認為「興」只要選擇一個很美好的意象就夠了。

如果以現代比喻的方式來看待，情況就會有一些不一樣了。正如前述，比喻的構成建基於用一個有相類之處的

事物來比擬要説明的（屬於另一種概念範疇的）事物。比如以上介紹的馬佛爾的〈致怯情人〉，以戰車比喻時間，以看不到盡頭的沙漠比喻永恆的時間。如此以多個比喻表達同一個事物的做法，其實中外皆有，比如〈小雅·常棣〉，無論是詩作裏面提到的常棣還是鶺鴒，都可以看作是一種比喻，指涉兄弟。常棣，余冠英《詩經選》就曾分析道：「詩人以常棣的花比兄弟，或許因其每兩三朵彼此相依，所以聯想。」而鶺鴒，則以其飛翔時會與同類相互共鳴、擺尾，比喻同心同德的兄弟。至於傳統理論攀附政治寓意的説法，從現代文學的重視文本內部證據的角度觀之，則稍欠充分理據支持，但同時也不能排斥，因為《詩經》的作品經常涉及到政治和倫理關係。

《詩經》比喻的多元化

例如〈小雅·蓼莪〉：

> 蓼蓼者莪，[一] 匪莪伊蒿。[二]
> 哀哀父母，[三] 生我劬勞。[四]
> 蓼蓼者莪，匪莪伊蔚。[五]
> 哀哀父母，生我勞瘁。[六]
> 瓶之罄矣，[七] 維罍之恥。[八]
> 鮮民之生，[九] 不如死之久矣！

無父何怙？⁺無母何恃？
出則銜恤，⁺一入則靡至。
父兮生我，母兮鞠我。⁺二
拊我畜我，⁺三長我育我，
顧我復我，出入腹我。⁺四
欲報之德。昊天罔極！⁺五
南山烈烈，⁺六飄風發發。⁺七
民莫不穀，⁺八我獨何害？
南山律律，⁺九飄風弗弗。二十
民莫不穀，我獨不卒！二十一

注釋

一　蓼蓼（粵：六，普：lù）：長大貌。莪（粵：俄，普：é）：野草名，古又稱蘿蒿，今名播娘蒿（flixweed），因植株抱根叢生，又名「抱娘蒿」。戴震《毛鄭詩考證》：「按莪，俗呼抱娘蒿，可知詩之取義矣。」

二　匪：非。伊：是。

三　哀哀：鄭玄《毛詩箋》：「哀哀者恨不得終養父母，報其生長己之苦。」

四　劬（粵：渠，普：qú）：勞苦。

五　蔚：野草名，牡蒿（wormwood）。

六　瘁：病。

七　罄：空。

八　罍（粵：累，普：léi）：酒器。朱熹《詩集傳》：「瓶罄矣乃罍之恥，猶父母不得其所乃子之責。」

九　鮮：寡。胡承珙《毛詩後箋》：「鮮民猶言孤子，即下無父無母之謂。」

十　怙（粵：戶，普：hù）：依靠。

十一　恤：憂。銜恤，懷着憂愁。上下兩句是說父母在我外出時一直憂恤記掛；我回來之後則關懷無所不至。

十二　鞠：養育。

十三　拊：三家詩作「撫」，撫育。畜：養育。

十四　顧、復、腹：鄭玄《毛詩箋》：「顧，旋視。復，反覆。腹，懷抱也。」
　　　何楷《詩經世本古義》：「自少至長，卷卷置之於懷，出入以之，不暫
　　　釋也。鞠、拊、畜三事，次於生之後，皆以養言。育、顧、復三事，
　　　次於長之後，皆以教育言。出入腹我，則總括教養而言。」

十五　極：無窮。昊天罔極：王引之《經義述聞》卷六：「言我方欲報是德，
　　　而昊天罔極，降此鞫凶，使我不得終養也。」

十六　烈烈：高大貌。

十七　飄風：旋風。發發：形容風疾吹聲。

十八　穀：善。

十九　律律：山勢高大險峻貌。律字通「嵂」。前言「南山烈烈」，此句又言
　　　「南山律律」，則「律律烈烈」是一詞，即連綿詞「栗烈」（見〈豳風・
　　　七月〉）之重文。

二十　弗弗（粵：畢，〔普〕：bì）：迅疾貌。「弗弗」與前文之「發發」是連綿詞「弗
　　　發」（膚發，亦見〈七月〉）的重文。

二一　卒：終也，這裏是說為父母養老送終。鄭玄《毛詩箋》：「卒，終也。
　　　我獨不得終養父母，重自哀傷也。」

　　　關於這首詩的詮釋，跟《詩經》大多數的作品同樣，
有幾種說法。

- 《毛詩序》：「〈蓼莪〉刺幽王也。民人勞苦，孝子不
　得終養爾。」毛傳：「**興也。**」

- 鄭玄箋：「莪已蓼蓼長大，我視之以為非莪，反謂之
　蒿。**興者，喻憂思。**雖在役中，心不精識其事。」

- 朱熹注：「比也。……人民勞苦，孝子不得終養，而作
　此詩。言昔謂之莪，而今非莪也，特蒿而已，**以比父
　母生我以為美材**，可賴以終其身，而今乃不得其養以
　死。於是乃言父母生我之劬勞，而重自哀傷也。」

朱熹將比和興分得較清：「比者，以彼物比此物也」而

「興者，先言他物以引起所詠之詞也。」

　　詩作開篇即使用植物播娘蒿（flixweed）定下全首作品的基調，其後的空酒瓶與酒罍實即是另一種比喻，以空酒瓶比喻已逝的父母，以酒罍比喻無力事孝的兒女。

　　第五、六章的南山以及飄風，是另一種意象。鄭玄箋釋為「民人自苦見役，視南山則烈烈然，飄風發發然，寒且疾也」，描寫人民的窮苦情況。其實，南山和飄風，跟明喻或一般的對比都不一樣，是《詩經》特有的比興藝術，朱熹解釋為「興也」應該有道理。「南山」在《詩經》中很普遍，經常是褒義辭，例如〈小雅・天保〉曰：「如南山之壽」。比興雖然跟詩的主題也許有一些聯繫，但是具體的意義不明確。錢鍾書還指出，比喻其實也有好壞、正反之別：「同此事物，援為比喻，或以褒，或以貶，或示喜，或示惡，詞氣迥異；修詞之學，亟宜拈示。斯多噶派哲人（Epictetus）嘗曰：『萬物各有二柄』（Everything has two handles），人手當擇所執。」[4]〈邶風・雄雉〉：「瞻彼日月，悠悠我思。」太陽與月亮一般是比喻美好的事物，但這裏寫到日月高高在上，可望而不可即，表達妻子與丈夫不能團圓的苦況。至於怎樣判斷一個比喻的真正含義，就要視乎它的使用語境以及身處的時空脈絡。

4　錢鍾書：《管錐編（錢鍾書集）》（北京：三聯書店，2007年），第一冊，
　　頁74，「歸妹（比喻有兩柄亦有多邊）」條。

興之美學

當然，說到《詩經》的技巧，最經典的莫過於它的「興之美學」。朱熹說「興者，先言他物以引起所詠之詞也。」那麼，究竟實際「興」是如何操作的呢？臺灣的羅青教授新近出版的《興之美學》，就對這方面進行了比較詳細的解釋。

羅青，本名羅青哲，1948 年生於青島。明道大學藝術中心主任、英語系主任。「興之美學」的定義與演化與「比、賦美學」比較起來，確實是中國詩中更為複雜棘手的問題，但也是中國詩學、美學中，最突出的特色。龐德對興之美學的詮釋及轉化，在羅青看來不夠全面，也不深入。胡適及其以後的新詩人，在五四新文學運動前後，雖然也仿傚龐德，把翻譯的英美詩收入自己的創作詩集，作為中國新詩的新方向，但卻根本沒有注意到此一詩學或美學問題值得作進一步的分析討論，而這正是《興之美學》一書的主旨。

羅青認為，「興」在《詩經》時代，是指詩人「因物感興」，「因物即興」，「興物托志」，藉以抒發集體或個人的情懷。其具體的做法是將兩個或兩組「似有關又無關的意象」，「即興的並列」在一起，通過「定型辭彙」所組成的套式語言及節奏音韻，配合着「反覆迴增技巧」與「複沓技巧」，產生一種「非比非賦又似比似賦」的不確定關係，

不即不離，充滿了發揮想像與詮釋演繹的空間。例如《詩經》首章〈關雎〉的起頭：

> 關關雎鳩，在河之洲。
> 窈窕淑女，君子好逑。
> 參差荇菜，左右流之。
> 窈窕淑女，寤寐求之。
> ⋯⋯
> 參差荇菜，左右采之。
> 窈窕淑女，琴瑟友之。
> 參差荇菜，左右芼之。
> 窈窕淑女，鐘鼓樂之。

便是把「雎鳩、河洲」與「淑女、君子」兩組「隔而不隔」的興之美學意象平行並列在一起，遂令後世說詩家，配合時代思潮，生發出各種派別的說法與解釋。[5]

另外，他同時提到，一般來說，在古代初民社會，當詩興普遍用於詩歌創作時，首先可以抒發集體的情感，而個人的情感也可從中得到適當的宣洩。宣洩的方式是以「反覆迴增技巧」與「複沓技巧」配合由「定型辭彙」所組成的套式語言及節奏，來帶領歌舞或作品章節的發端，接下來的內容既可以直接說明詩情，也可以間接輾轉托意。在《詩

5　羅青：《興之美學》，頁 32—33。

經》三百零五首所產生的西周時代（公元前六世紀以前），興的用法與內容，大約如此。例如《詩經‧周南‧桃夭》的起頭：「桃之夭夭，灼灼其華。之子于歸，宜其室家」，便是把「夭桃、灼華」與「之子、室家」兩組「似有關又無關」的意象平行對照在一起，而後世說詩解詩之人，亦各自配合其相關的時代思潮，發展出各種派別的詮釋法。至於當時，是否有「在桃花開時舉行嫁娶之風俗」，則不是歷代詩論的重點。[6]

後代文學傳統的比喻

　　有的學者認為在最初，文學是人民的產品，直接反映人民的愛憎，後來才發展成複雜、精緻的文學。我卻不敢苟同。我認為《詩經》的詩學已經很發達，而且《詩經》的一些技巧是後人一直模仿不到的。

　　比喻在後代文學中當然很重要，但很多例子沒有《詩經》那樣複雜。比如，上文我們發現了常棣、鶺鴒等意象都同時出現在同一首詩裏面。可是，很多後代的詩歌會用更簡化的方法，通篇一以貫之地運用單一的比喻。

6　同上注，頁 34—35。

楚辭・九章・橘頌

后皇嘉樹，[一]橘徠服兮。[二]

受命不遷，生南國兮。

深固難徙，更壹志兮。

綠葉素榮，紛其可喜兮。[三]

曾枝剡棘，[四]圓果摶兮。[五]

青黃雜糅，文章爛兮。[六]

精色內白，類可任兮。[七]

紛緼宜脩，[八]姱而不醜兮。

嗟爾幼志，有以異兮。

獨立不遷，豈不可喜兮。

深固難徙，廓其無求兮。

蘇世獨立，[九]橫而不流兮。

閉心自慎，[十]不終失過兮。

秉德無私，參天地兮。

願歲并謝，與長友兮。

淑離不淫，梗其有理兮。[十一]

年歲雖少，可師長兮。

行比伯夷[十二]，置以為像兮。

注釋

一　后皇：皇天后土的縮略語，天地的尊稱。

二　徠：同「來」。

三　紛：盛多貌。

四 曾枝：重疊的枝條。剡（粵：染，普：yǎn）棘：尖刺，指橘枝上的刺。

五 摶（粵：屯，普：tuán）：同「團」，圓圓的。

六 文章爛：紋理色彩燦爛的樣子。

七 類可任兮：異文云：「類任道兮」。似乎是「可以擔負重任」的意思。

八 紛縕：同「氤氳」，香氣濃郁。

九 蘇世：蘇猶「醒寤」，清醒世態。

十 閉心：不受外邊世界的影響。

十一 梗其：堅挺的樣子。

十二 伯夷：商朝遺民；商被周滅時，他不願意隨周，恥食周粟，餓死於首陽山。

　　這首詠物詩屬於《楚辭》的〈九章〉裏面的一首，相傳為屈原所作。關於歷史背景和創作情況，眾說紛紜。語氣詞「兮」的用法和四言體都類似於〈招魂〉、〈天問〉等《楚辭》裏的作品。我們至少可以肯定這首詩是為了謳歌與屈原相似的楚國君子而寫的。

　　這首詩的「比喻」用法跟《詩經》和《楚辭》中任何一首詩都很不同。幾乎每句都有雙重指涉，可以指橘子，也可以指人。比如「青黃雜糅，文章爛兮」，上句明顯指橘子生熟時的不同顏色，但下句既可指橘皮的紋理，也可以指君子的「文章」，如《論語・泰伯》：「煥乎！其有文章。」而且，這種雙重指涉非常明顯，雖然沒有用「喻詞」，但比喻的關係鮮明得像明喻一樣。雖然這首詩也很成功，我們還是可以感到一點遺憾，因為它缺乏《詩經》的比興那種神秘的魅力。

更深奧的比喻

■━━■

《詩經》以外，《老子》這本早期中國傳統文化經典也有豐富多彩的比喻例子。從思想史的角度而言，《老子》想表達很複雜的哲學道理，而且很多都違反人們的常識，所以作者使用特別多比喻、押韻、悖論（paradox）等特殊的手法，可以說使用的具體狀況比《詩經》更複雜。

例如《老子》第二十章謂：

唯之與阿，¯相去幾何？

善之與惡，相去若何？

人之所畏，不可不畏。

荒兮其未央哉！¯

人熙熙，³如享太牢，⁴如春登臺。

我獨泊兮其未兆；⁵如嬰兒之未孩，⁶儽儽

兮若無所歸。⁷

人皆有餘，而我獨若遺。

我愚人之心也哉！沌沌兮！

俗人昭昭，我獨昏昏；

俗人察察，⁸我獨悶悶。⁹

澹兮其若海，飂兮若無止。⁺

人皆有以，而我獨頑似鄙。

我獨異於人，而貴食母。⁺¯

注釋

一 唯、阿：俱為回應的聲音，「唯」表示恭敬，「阿」表示怠慢。一說「阿」
應為「訶／呵」傳寫之誤，馬王堆漢墓帛書《老子》甲乙本可證：若然，
二字分別指應諾和呵斥。無論如何「唯阿」與下句的「善惡」同為反
義詞。另外，此章傳世本由「絕學無憂」開始，但學者認為有錯簡，
該屬第十九章。

二 荒兮：廣遠的樣子。未央：無盡。

三 熙熙：淫放多情欲。

四 享太牢：參加豐盛的筵席。

五 泊：淡泊、恬靜。未兆：沒有跡象，不炫耀自己。

六 孩：借作「咳」，《說文》釋為「小兒笑也」。

七 **儽儽**：疲困貌。

八 察察：嚴苛的樣子。

九 悶悶：純樸的樣子。

十 飂（粵：留，普：liù）：同「飄」。

十一 食母：養人之物；指老子的「道」。

　　陳鼓應教授認為這段的大意是：「老子說明他在生活態
度上，和世俗價值取向的不同；世俗的人，熙熙攘攘，縱
情於聲色貨利，老子則甘守淡泊，澹然無繫，但求精神的
提昇。」[7] 不過，在這一段文字中，老子實則運用了不少的
文學技巧幫助說理。例如明喻的就有：「如享太牢，如春登
臺」，形容別人在生命的路途上縱情放任，就像參加豐盛的
筵席或者在春天時登臺眺望一樣。至於老子自己呢，就是
「如嬰兒之未孩，儽儽兮若無所歸」，對世界的繁華無動於
衷，就像嬰兒還不會發出嘻笑聲，就像疲倦的浪子沒有歸

7　陳鼓應：《老子注譯及評介》（北京：中華書局，1984 年），頁 147。

家那樣。初看這段文字，讀者還會以為他在感嘆自己比不上別人，但其實這不過是老子「正言若反」、正話反說而已。

小 結

回到原來的話題，西方文學中的比喻，以具體代替抽象的例子較多。中國文學也有類似的寫法，像老子用「食母」的比喻一樣。但傳統西方修辭，重視比喻的明澈；而中國詩學重視一種含蓄美，我們不一定能將詩歌意象的具體指涉說出來。這種深奧的表現手法可以溯源到《詩經》的比興技巧。

本章參考書目

白川靜著，杜正勝譯：《詩經研究 —— 中國古代歌謠》。臺北：幼獅文化
　　事業公司，1974 年。

屈萬里：《詩經詮釋》。臺北：聯經出版，1983 年。

陳致：《從禮儀化到世俗化 ——〈詩經〉的形成》。上海：上海古籍出版社，
　　2009 年。

陳致導讀，陳致、黎漢傑譯注：《詩經（新視野中華經典文庫）》。香港：
　　中華書局，2016 年。

潘富俊著，呂勝田攝影：《詩經植物圖鑑》。臺北：貓頭鷹出版社，2001 年。

吳福助：《楚辭註繹》。臺北：里仁書局，2007 年。

陳望道：《修辭學發凡》。上海：復旦大學出版社，2008 年。

黃慶萱：《修辭學》（增訂三版）。臺北：三民書局，2005 年。

錢鍾書：《管錐編（錢鍾書集）》。北京：三聯書店，2003 年。

錢鍾書：《宋詩選注（錢鍾書集）》。北京：三聯書店，2003 年。

羅青：《興之美學》。香港：初文出版社，2018 年。

專題研習

1.《詩經‧王風‧兔爰》：

> 有兔爰爰，雉離于羅。
> 我生之初，尚無為。
> 我生之後，逢此百罹。
> 尚寐無吪。
>
> 有兔爰爰，雉離于罦。
> 我生之初，尚無造。
> 我生之後，逢此百憂。
> 尚寐無覺。
>
> 有兔爰爰，雉離于罿。
> 我生之初，尚無庸。
> 我生之後，逢此百凶。
> 尚寐無聰。

　　這首詩的兔子，朱熹解釋為「比」，究竟算是比喻嗎？若然，喻體是甚麼？若不然，你怎麼理解開頭兩句？跟西方文學中的比喻相同嗎？

2. 杜甫〈江亭〉：

坦腹江亭暖，長吟野望時。

水流心不競，雲在意俱遲。

寂寂春將晚，欣欣物自私。

故林歸未得，排悶強裁詩。

領聯中的水和雲意象可以看成「比喻」，也可以說是傳統「比興」的用法。你怎麼看兩個意象？有何深層的含意？

第四章

敍事

敍事的特徵

屈原〈九章・涉江〉有這麼一組詩句：

忠不必用兮，賢不必以。
伍子逢殃兮，比干菹醢。

我們可以看到屈原提到歷史人物伍子胥與比干。不過，文學作品中的歷史人物和歷史書中的歷史人物，有着根本的不同。屈原寫上這些歷史人物的時候，絕對不是想單純為以往的歷史做一個客觀的記錄，而是想透過他們，抒發一些人類共有的情感。所以，作者通過上述兩個歷史人物的典故，即「伍子逢殃兮，比干菹醢」，以他們的遭遇來抒發自己的情感思緒。詩人平時都很在意篇幅的限制，不願意用太多詞句描寫歷史事件，兩個字就足以概括一位歷史英雄的悲劇。

我們可以進一步追問，究竟在文學作品中，是怎樣安排這些史事，如何讓事件有效而具美感地傳遞給讀者的呢？實際上，怎樣在作品中安排事件出現，就是所謂「敍

事」。敘事，基本上相當於「講故事」，是人類早期就有的普遍活動。嚴格而言，除了文字以外，也可以運用在其他媒體上，如壁畫、雕塑、電影、傀儡等。中國古典小説研究著名學者、普林斯頓大學榮休教授浦安迪（Andrew Plaks）就曾這樣説：「敘事文是一種能以較大的單元容量傳達時間流中人生經驗的文學體式或類型」，可見敘事文因規模比其他文學體式大一些，需要的文字容量相對也就大一些，所以與抒情詩或戲劇比較，時間的地位很重要，起着主導的作用。

雖然古代詩詞也有一些長篇作品，但敘事文總是需要處理更多內容，而且敘事散文缺乏押韻、格律等形式特徵，於是得用其他的方式以控制作品。敘事文常常需要敘述大量的信息，而這些信息如何組織、如何幫助讀者消化？這個問題從古代就有論述，只是二十世紀以來開始有學者比較有意識地去回答。例如一位被譽為發明「敘事學」的文學批評家，茨維坦・托多洛夫（Tzvetan Todorov）指出敘事文有它自己的規則，有其內部邏輯，因此在文本分析時要注意區分詩學與敘事學。他認為敘事有兩個基本原則：序列（succession）與轉化（transformation）。這兩個原則都只有在時間流中才能表現出來。前者意味着某一種狀態在持續，後者意味着發生了新的變化，而兩者都是篇幅較小的絕句等抒情詩的體裁所不需要的。因為是敘事文所必不可少的成分，所以並不算修辭技巧，而屬於文章最基本結構。

試舉一個例子。剛才屈原用兩個字描寫比干的結局：「菹醢」，被剁成肉醬。可是，沒有時間的定位，沒有提到因果關係，沒有講到比干的平生。反觀《史記・殷本紀》用這一大段文字描寫同一個事件：

> 紂愈淫亂不止。微子數諫不聽，乃與大師、少師謀，遂去。比干曰：「為人臣者，不得不以死爭。」迺強諫紂。紂怒曰：「吾聞聖人心有七竅。」剖比干，觀其心。箕子懼，乃詳狂為奴，紂又囚之。殷之大師、少師乃持其祭樂器奔周。周武王於是遂率諸侯伐紂。

所有的轉接詞語：「乃」、「迺」、「遂」，串連起整個句子的時間順序，讓讀者清楚知悉事情發展的先後，這些正是所謂「序列」。而「轉化」則指「不得不以死爭」、「詳（同佯）狂為奴」、「囚之」等句子，它們推動了整個事件從開始到結束的情節變化。

這種框架看起來很簡單，其實有非比尋常的效果。我們回到《詩經》的作品，可以注意到，序列也很明顯，比如「肅肅兔罝，椓之丁丁。赳赳武夫，公侯干城。」這裏列出兩種不同的東西（捕網和武夫），序列的功能很明顯，只是轉化的功能缺乏。當然，有的詩詞也會出現轉化，但不是古典詩學必不可少的成分。

中國早期的敍事文

中國從很古老的時代就有敍事文。西周金文已經出現一些簡短的故事。比較成熟的敍事在五經中的《尚書》就有。《尚書》的創作年代歷來眾說紛紜，過去很多學者懷疑是漢人所編造。《尚書·商書·微子》中提及幾位歷史人物：微子，商朝末代君主紂的異母兄；父師（即《史記》所說的大師）、少師，是當時的官名，鄭玄、「偽孔傳」等認為指箕子、比干。[1] 箕子，即上文《史記·殷本紀》提到的那位，因紂王無道，屢諫不聽，被囚下獄，乃佯狂為奴。至於比干，就是屢屢勸諫紂王而被殺、慘被剁成肉醬的那位。我們看看這段文字：

> 殷既錯天命，微子作誥父師、少師。
>
> 微子若曰：「父師、少師！殷其弗或亂正四方，一我祖厎遂陳于上，二我用沈酗于酒，三用亂敗厥德于下。四殷罔不小大好草竊奸宄。五卿

1　然而根據《史記》的記述，在比干剖心、箕子遭囚後，「殷之大師、少師乃持其祭樂器奔周」，則司馬遷認為大師、少師另有其人。同書〈周本紀〉說：「（周武王）居二年，聞紂昏亂暴虐滋甚，殺王子比干，囚箕子。太師疵、少師彊抱其樂器而犇周。」他的文獻根據之一應為《論語·微子》：「大師摯適齊……少師陽、擊磬襄，入於海」，孫星衍說：「摯即疵，陽即彊，聲音相近」。照此，大（太）師和少師均為樂師，「持其祭樂器奔周」符合他們的身份，但與《周禮》所說「三公」之一的太師、「三孤」之一的少師，官階甚為懸殊。但單純從《尚書·微子》本身看，微子請教的對象應為國之重臣，這裏姑存二說。

士師師非度。^六凡有辜罪，乃罔恆獲，^七小民方
興，^八相為敵讎。今殷其淪喪，若涉大水，其無
津涯。^九殷遂喪，越至于今！」

曰：「父師、少師，我其發出狂？^十吾家耄
遜于荒？^{十一}今爾無指告，^{十二}予顛隮，^{十三}若之何
其？」

父師若曰：「王子！^{十四}天毒降災荒殷邦，^{十五}
方興沈酗于酒，乃罔畏畏，^{十六}咈其耇長、舊有
位人。^{十七}今殷民乃攘竊神祇之犧牷牲，^{十八}用以
容，^{十九}將食無災。降監殷民，^{二十}用乂讎斂，^{二十一}
召敵讎不怠。^{二十二}罪合于一，^{二十三}多瘠罔詔。^{二十四}
商今其有災，我興受其敗；^{二十五}商其淪喪，我罔
為臣僕。^{二十六}詔王子出迪，我舊云刻子。^{二十七}王子
弗出，我乃顛隮。自靖，^{二十八}人自獻于先王，^{二十九}
我不顧行遯。^{三十}」

注釋

一　其：豈。或：偽孔傳釋作「有」，《史記・宋微子世家》全句改寫為「殷不有治政，不治四方」。亂：治。全句的意思是，難道殷不能治理好四方嗎？

二　厎（粵：只，普：dǐ）：可以訓為「極」。根據雒江生的解釋，這句的大意為：「我祖成湯最能遂從天意，美德列於上天。」見《尚書校詁》（北京：中華書局，2018年），頁181。

三　我：指紂王。用：由於。

四　亂：淫亂。德：指祖先之德。下：指現在。

五　罔不小大：倒裝句，即大小罔不。大小：指大臣以及百姓。草竊：盜竊民脂民膏。奸宄（粵：軌，普：guǐ）：指做壞事。

六　師師：即眾官長；一說作動詞用，即互相仿傚、為非作歹。度：法度。

七　辜：罪。恆，常。

八　方：旁。

九　津涯：渡口和涯岸。

十　狂：一說遠行，一說往。

十一　吾家：指商朝，微子為宗室，故云。遜，遁逃。荒，荒野。

十二　指：即旨，想法、打算。

十三　顛隮（粵：擠，普：ji）：隕墜不起。

十四　王子：即微子。

十五　毒：厚。荒：《史記》作「亡」。

十六　罔，不。畏畏：第二個「畏」讀「威」，威嚴，意指商紂王不畏懼天命。

十七　咈（粵：乏，普：fú）：違逆。耈：老。舊有位人：舊時在位的大臣。

十八　攘竊：盜竊。

十九　用以容：從寬論處。

二十　監：視。

二十一　乂（粵：艾，普：yì）：殺。讎：稠，多。斂：聚斂。

二十二　召：招致。敵讎：敵對、仇恨。怠：鬆懈。

二十三　罪合于一：指所有罪惡都是紂王一人造成的。

二十四　多瘠罔詔：即受害疾苦者無所申訴。

二十五　興，起。受：商王紂又名受。敗：災禍。

二十六　我罔為臣僕：我不願為周臣僕。

二十七　詔：勸說。迪：逃。舊：久。刻：加害，指父師一早就說過紂會加害
　　　　於王子。一本「刻」作「孩」。如《論衡・本性》引作「微子曰：『我
　　　　舊云孩子，王子不出。』」意思是微子（而非父師）從紂尚為孩童時，
　　　　已看得出他本性不善，長大後果然繼續為惡作亂。可備一說。

二十八　靖：謀。自靖：各自打主意。

二十九　獻：奉獻。

三十　顧：念。行遯：逃匿。

　　微子，本身是商紂王的長子。相傳紂王殘暴，生活荒
淫，微子屢諫，紂王不聽，微子與太師、少師商量，周人
大兵壓境，商朝滅亡將至，該如何是好？太師比干因此勸
說微子離開國家，保存宗廟，以續後祀。這段歷史，可以

同時參看《論語·微子》：「微子去之，箕子為之奴，比干諫而死。孔子曰：『殷有三仁焉。』」

從以上的引文，可以看出《尚書·微子》的敘事有幾個特點。首先，它以發言為主，當中包含了文學技巧如比喻、反覆、反問等。另一方面，它不描寫時間的過程，也不描寫人物的外貌、特色，更缺乏戲劇衝突，正好體現了上文浦安迪所說的「言重於事」，以及時間優於空間的敘事特色。當然，對於現在習慣閱讀主要以情節推動敘事的讀者而言，以上的篇章難免枯燥。

其實，早期的敘事文留存至今的不多，且不見得反映當時的歷史事實。我們所能看到的先秦文獻大多是漢儒所保存的。除了《莊子》和一些特殊的例子外，大都符合儒家的價值觀。近年出土的一些簡帛文獻可以擴大我們的視野，幫助我們瞭解早期敘事文的更多面貌。比如《清華簡》有一則小故事叫《赤鵠〔鳩〕之集湯之屋》，記載商湯與他的賢臣伊尹的對話。

另一種中國早期的敘事文

不過，不是所有中國早期的敘事文學都是枯燥平板的。例如司馬遷的《史記》，可以說即使放在世界文學的視野裏，它的敘事美學，質量仍然是高水平的。

司馬遷（前 145—約前 87）的父親司馬談在任太史令

期間，已着手撰寫通史巨著，但於前 110 年齎志而歿，未竟之業由司馬遷繼承。司馬遷完成的《史記》是中國第一部紀傳體通史，共一百三十卷，分十二本紀、十表、八書、三十世家、七十列傳。後來史學著作基本上根據同樣的體例；雖然取消〈世家〉，但還會將兒子的傳排到父親後面。主要體裁是傳記（即紀傳體）：本紀、世家、列傳，另外還有表和書兩種。

司馬遷寫歷史的方法並不是直接「序列」很多事實。正如日本學者吉川幸次郎曾經指出：[2]

> 這個國家史學的祖先是在此後很長時間裏，許多歷史學家都模仿的，前一世紀的司馬遷的《史記》。但司馬遷的《史記》不只是以對過去事實的記錄，即以樸素的記錄的本能來寫成的書籍，他對於人類全體的運命是有所思想的，並且不是用抽象的理論來表現這些思想，而是通過實際的人物、事件來表現這種思想……這是隱藏在史學結構中的重要的個人傳記，它不僅僅是個人傳記，還是把個人作為各種同類人的典型來描寫的傳記。

2　吉川幸次郎著，錢婉約譯：《我的留學記》（北京：光明日報出版社，1999 年），頁 221。轉引自王成軍：《紀實與紀虛——中西敍事文學研究》（南昌：百花洲文藝出版社，2003 年），頁 5—6。

　　《史記》就可以視為一種獨特的紀實文學。雖然資料都是歷史事實，但是作家所下的工夫、所利用的敍事技巧，都接近於後代的小説傑作。

　　司馬遷最為人知的，就是他身受宮刑的慘事。公元前99年，漢軍攻擊匈奴，漢將李陵（飛將軍李廣的孫子）戰敗投降。司馬遷為李陵辯護，漢武帝以為二人都是叛徒，將司馬遷下獄，後以「腐刑」（閹割）免去死罪。因此司馬遷撰寫《史記》的時候，是帶着悲憤的心情，而他寫作的目的也不單純是客觀記錄那麼簡單。試看他的自序：

> 　　七年而太史公遭李陵之禍，幽於縲絏。¯乃喟然而嘆曰：「是余之罪也夫！是余之罪也夫！身毀不用矣。」退而深惟曰：「夫《詩》、《書》隱約者，欲遂其志之思也。昔西伯拘羑里，²演《周易》；孔子戹陳蔡，作《春秋》；³屈原放逐，著《離騷》；左丘失明，厥有《國語》；⁴孫子臏腳，⁵而論兵法；不韋遷蜀，世傳《呂覽》；⁶韓非囚秦，〈説難〉、〈孤憤〉；《詩》三百篇，大抵賢聖發憤之所為作也。此人皆意有所鬱結，不得通其道也，故述往事，思來者。」於是卒述陶唐以來，⁷至于麟止，⁸自黃帝始。

注釋

¯　縲（粵：雷，普：léi）絏（粵：泄，普：xiè）：指牢獄。

二　羑（粵：友，晉：yǒu）里：地方，文王被紂王拘禁之處。西伯拘羑里：
　　指文王被紂王拘禁在羑里時，推演《易》的八卦為六十四卦，成為《周
　　易》。

三　孔子戹陳、蔡，作《春秋》：孔子周遊列國，被圍困在陳國和蔡國之
　　間，被斷糧多日，後來回到魯國寫作《春秋》。

四　左丘：即左丘明，春秋時魯國史官。厥：句首助詞，無義。

五　臏：古代酷刑，即削去膝蓋骨。孫子：戰國時軍事家孫臏，著名兵學
　　家孫武的後人。他的同學龐涓嫉妒他的才能，把他騙到魏國斷其兩足。

六　不韋：戰國時秦國宰相呂不韋。《呂覽》：指，呂不韋集合門客撰寫的
　　《呂氏春秋》。

七　陶唐：即帝堯。

八　麟止：春秋時，魯哀公十四年也獵獲一隻麒麟，孔子當時正寫作《春
　　秋》，聽到此消息，認為當世無聖人治國，麟出非時，於是絕筆。司
　　馬遷作《史記》止於漢武帝獲麟之時，有繼承和仿效《春秋》之意。

　　因為這樣的一番經歷，所以貫穿着整部《史記》的是
司馬遷的歷史悲劇觀：創傷與創作的關係。他最同情類似
於屈原的、被冤枉的英雄。

　　我們在上面介紹過司馬遷在《史記・殷本紀》中如何
描述商朝末年的歷史。可是，規模更大而敍事技巧特別豐
富的篇章是〈伍子胥列傳〉。春秋時代楚國人伍員（字子胥）
的經歷跟比干、屈原都有類似之處。

〈伍子胥列傳〉

　　〈伍子胥列傳〉內容出自《左傳》、《呂氏春秋》等文獻，
但司馬遷對資料的整理與評語都確實表達出他個人的歷

史觀。

先看〈伍子胥列傳〉的幾個段落，首先是奸臣的怨毒致使伍子胥逃奔吳國，一夜白髮：

> 頃之，無忌又日夜言太子短於王曰：「太子以秦女之故，不能無怨望，願王少自備也。自太子居城父，將兵，外交諸侯，且欲入為亂矣。」平王乃召其太傅伍奢考問之。伍奢知無忌讒太子於平王，因曰：「王獨柰何以讒賊小臣疏骨肉之親乎？」¯無忌曰：「王今不制，其事成矣。王且見禽。」二於是平王怒，囚伍奢，而使城父司馬奮揚往殺太子。行未至，奮揚使人先告太子：「太子急去，不然將誅。」太子建亡奔宋……

> 〔奢長子伍〕尚既就執，使者捕伍胥。伍胥貫弓執矢嚮使者，三使者不敢進，伍胥遂亡。聞太子建之在宋，往從之。奢聞子胥之亡也，曰：「楚國君臣且苦兵矣。」四伍尚至楚，楚并殺奢與尚也。

注釋

一　獨：豈，難道。賊：敗壞，傷害。讒賊小臣：以讒言傷害人的小人之臣。
二　見禽：被擒，被捕。禽：「擒」的古字，捕捉。
三　貫：通「彎」。貫弓：彎弓，即拉滿弓。
四　苦兵：苦於戰爭。

　　伍子胥本是楚人，名員（讀作雲）。父親伍奢，兄長叫伍尚。先祖伍舉，曾因直言進諫楚莊王而聞名後世。楚平王有一太子名建，伍奢為他的老師，費無忌為其少傅，本來平王派費無忌為太子建娶妻，但費無忌見秦女美貌，便從旁慫恿平王自娶，同時開始誣衊太子建，說太子建因秦女之故心生怨恨，準備犯上作亂。楚平王於是招伍奢查問，其後將之下獄。而太子建則出走他國。這時楚王下令捕捉伍子胥，伍子胥因奸臣的怨毒，多次的讒言，即上文的「頃之，無忌又日夜言太子短於王曰……」、「王今不制，其事成矣。王且見禽」，頓成亡命之徒。而伍奢臨終前聽到子胥逃亡成功，預言：「楚國君臣且苦兵矣。」一語成讖，最後成為事實。

　　近年出土的文獻《繫年》可以幫我們理解司馬遷的敍事技巧。《繫年》屬於清華大學收藏的楚地簡牘文獻，是戰國時代的楚國歷史書，創作年代很早，文獻價值很高。《繫年》是一批戰國竹簡，出土之後流散到香港，於 2008 年入藏清華大學。其中第二批整理的竹簡是一部完整的史書，全篇分為二十三章，有學者指作者可能為楚肅王時期的史官。書名《繫年》，是整理者所擬。書中正好有一段描述伍子胥，可是與傳世文獻有一些出入：

　　靈王即殜【80】，景平王即位。少師亡䣆（無極，按即費無忌）讒連尹䫞（奢）而殺之，其子伍員與伍之雞逃歸吳。伍雞將【81】吳人以

> 回（圍）州來，為長壍而湢之，以敗楚師，是
> 雞父之湢。景平王即殜，昭王即【82】位，伍
> 員為吳大宰，是教吳人反楚邦之諸侯，以敗楚
> 師于柏舉，述（遂）內郢。

　　以上的【80】等是簡號，表示新的竹簡開始的地方。有意思的差異是在《繫年》伍員有一個弟弟伍雞（伍之雞），而他們兩個一起奔吳國。司馬遷（或者其他歷史家）為甚麼將這個人物刪掉？很可能是因為在整個故事裏面他可能會分散讀者對伍子胥的集中注意。

　　下一個重要情節是伍員逃亡吳國。他和太子建先至宋，遇到內亂而又逃到鄭。因為太子建與晉人合謀，鄭定公發現而後誅殺他。伍子胥又逃亡吳國。有趣的是，《左傳》昭公二十年也描述伍子胥的其他活動，只是對鄭國一言不提，僅有這句：「員如吳，言伐楚之利於州于」。當伍子胥被鄭人追捕而逃亡時，他遇到一個善良的漁夫渡他過江，這則好玩的故事來源似乎為《呂氏春秋·孟冬紀·異寶》，所以我們能看到司馬遷的編寫方法：根據基本歷史資料以外，也會將其他典籍所收集的故事寫進去。而司馬遷的最大貢獻為將來源不同的資料都編成一個情節清晰、敘事生動的故事：

> 伍胥既至宋，宋有華氏之亂，乃與太子建
> 俱奔於鄭。鄭人甚善之。太子建又適晉，晉頃

公曰：「太子既善鄭，鄭信太子。太子能為我內應，而我攻其外，滅鄭必矣。滅鄭而封太子。」太子乃還鄭。事未會，會自私欲殺其從者，從者知其謀，乃告之於鄭。鄭定公與子產誅殺太子建。建有子名勝。伍胥懼，乃與勝俱奔吳。到昭關，昭關欲執之。伍胥遂與勝獨身步走，幾不得脫。追者在後。至江，江上有一漁父乘船，知伍胥之急，乃渡伍胥。伍胥既渡，解其劍曰：「此劍直百金，以與父。」父曰：「楚國之法，得伍胥者賜粟五萬石，爵執珪，豈徒百金劍邪！」不受。伍胥未至吳而疾，止中道，乞食。至於吳，吳王僚方用事，公子光為將。伍胥乃因公子光以求見吳王。

　　費無忌這位奸臣的事跡大概屬於事實（我們今天沒有足夠多的歷史資料可供判斷）。無論如何，司馬遷這樣描述他跟伍氏家族的衝突並非偶然，也並非純粹的歷史事實。實際上，司馬遷運用各種敍事技巧間接地表達他對這些人物，尤其是伍子胥本人的看法。例如「無忌又日夜言太子短於王」這句用幾個字強調費無忌的奸猾：沒有說他「諫」楚王，或者某一天「言太子」如何，而是「日夜言太子短」。這樣寫可以使得讀者明白他是有意圖地讒害太子。此後，伍奢說「王獨奈何以讒賊小臣疏骨肉之親乎？」這句是簡

明扼要的判斷，十五字就可以概括整篇文章的大意，同時也反映伍奢本人的智慧和眼光。《史記》的這些敘事技巧用以實現「寓敘事於論斷」的理想。最後，對這兩個人物的描寫也可以看成下文的鋪墊（foreshadowing），因為相似的事情會在吳國重現。吳國大臣太宰嚭既會與伍子胥之間也會發生衝突，最後太宰嚭的讒言也會使得吳王害死子胥本人。這樣的「鏈狀」結構也反映司馬遷的歷史觀；他認為人生的挫折和失望不可避免，只能發憤抒情而已。

經過多年的奮鬥，伍子胥成功帶領吳國擊敗楚國，殺入楚國國都，一報父兄之仇：

> 庚辰，吳王入郢。昭王出亡，入雲夢；盜擊王，王走鄖。鄖公弟懷曰：「平王殺我父，我殺其子，不亦可乎！」

> 鄖公恐其弟殺王，與王奔隨。吳兵圍隨，謂隨人曰：「周之子孫在漢川者，楚盡滅之。」[一]隨人欲殺王，王子綦匿王，己自為王以當之。隨人卜與王於吳，不吉，乃謝吳不與王……

> 及吳兵入郢，伍子胥求昭王。既不得，乃掘楚平王墓，出其尸，鞭之三百，然後已。

注釋

一　此句指周朝分封於漢水流域的一些與周天子同姓的國家，都為楚所滅。

　　伍子胥掘楚平王墓，鞭屍三百，可見其怨恨之深。當然，這樣的做法，當事人也以為太過分，於是埋下了日後別人批評他「剛暴少恩」的伏線。

　　及後吳國大臣伯嚭正是以此攻擊伍子胥，進而向吳王夫差進讒，子胥甚至因此而喪命：

　　　　吳太宰嚭既與子胥有隙，[一] 因讒曰：「子胥為人剛暴，少恩，猜賊，[二] 其怨望恐為深禍也。前日王欲伐齊，子胥以為不可，王卒伐之而有大功。子胥恥其計謀不用，乃反怨望。而今王又復伐齊，子胥專愎彊諫，[三] 沮毀用事，[四] 徒幸吳之敗以自勝其計謀耳。[五] 今王自行，悉國中武力以伐齊，而子胥諫不用，因輟謝，[六] 詳病不行。[七] 王不可不備，此起禍不難。且嚭使人微伺之，[八] 其使於齊也，乃屬其子於齊之鮑氏。夫為人臣，內不得意，外倚諸侯，自以為先王之謀臣，今不見用，常鞅鞅怨望。[九] 願王早圖之。」
　　　　吳王曰：「微子之言，[十] 吾亦疑之。」乃使使賜伍子胥屬鏤之劍，曰：「子以此死。」

注釋

[一]　太宰：官名，相當於丞相。隙：指有過節。
[二]　猜賊：猜忌狠毒。
[三]　專愎（粵：逼，普：bì）：獨斷。
[四]　沮：敗壞。毀：譭謗。

五　徒幸：只希望。

六　輟謝：托辭而中止工作。

七　詳：通「佯」，假裝。

八　微伺：暗中探察。

九　鞅鞅：通「怏怏」，鬱鬱不樂。

十　微：無，非。

在這裏，我們又一次看到奸臣如何搬弄是非，讓忠臣含冤而死。因此有了以下這一段伍子胥的預言：

> 伍子胥仰天嘆曰：「嗟乎！讒臣嚭為亂矣，王乃反誅我。我令若父〔闔廬〕霸。¯自若〔夫差〕未立時，諸公子爭立，我以死爭之於先王，幾不得立。若既得立，欲分吳國予我，我顧不敢望也。然今若聽諛臣言以殺長者。」乃告其舍人曰：²「必樹吾墓上以梓，³令可以為器；⁴而抉吾眼縣吳東門之上，⁵以觀越寇之入滅吳也。」乃自剄死。吳王聞之大怒，乃取子胥尸盛以鴟夷革，⁶浮之江中。吳人憐之，為立祠於江上，因命曰胥山。

注釋

一　若：你，直稱夫差。

二　舍人：親近的門客。

三　樹：動詞，種植。

四　器：指棺材。

　　而這番遺言最終也如他父親臨終之言一樣成真，公元前482年夏，夫差在黃池（今河南封丘西南）會盟諸侯，與晉爭霸。但夫差僅使太子友和老弱守國，越國乘虛而入，打敗吳師、殺太子友；夫差最終大敗於越王勾踐，自剄而死。相傳他自殺前說：「吾悔不用子胥之言，自令陷此。」

　　簡單而言，本傳的內容結構，即轉化，如下：

1 費無忌讒害伍子胥父伍奢，楚王殺死子胥父兄。子胥逃奔吳國。

2 子胥幫吳王闔廬侵伐楚國，報血海深仇。

3 闔廬子夫差立為王，子胥諫伐越國，吳王不聽，疏子胥。

4 夫差聽伯嚭的讒言，使子胥自殺。

5 吳王伐齊，被越王勾踐一舉殲滅。

6 最後補述楚白公勝為父報仇的故事。

　　〈伍子胥列傳〉可以說是一個平行列傳，從中我們可以找到多個相互對照的例子，如伍子胥與白公勝，甚或伍子胥與屈原、與司馬遷自己等人物均可以形成對比。再者，司馬遷從眾多歷史事件中挑出有意義的線索組成本傳，傳達「故隱忍就功名，非烈丈夫孰能致此哉」的訊息給後世讀者；司馬遷也屢屢強調個性如何改變命運：「方子胥窘於江上，道乞食，志豈嘗須臾忘郢邪？」

　　此外，〈伍子胥列傳〉虛構了不少對話的情節：「王不聽，使人召二子曰：『來，吾生汝父；不來，今殺奢也。』」試想一下，當時的環境如此嚴峻而隱秘，司馬遷從何得知當中的一字一句？這必然牽涉虛構的成分在內。而本傳的善惡非常分明：「因讒曰：『子胥為人剛暴，少恩，猜賊，其怨望恐為深禍也。』」塑造了伍子胥與伯嚭的忠奸對比。而忠義與復仇這一情節可以說不停地在《史記》中上演，有仇必報這個邏輯在司馬公的文章裏是很清楚的。

　　伍子胥跟屈原與司馬遷一樣，用語言（預言）表達了他的憤怒，在語言層次上更成功地向吳王報仇。可以說，有仇必報的典型人物，非伍子胥莫屬了。

　　當然，這種內心的鬱結，除了用語言進行復仇，更可以化作著述歷史的力量，讓後人得以借鑒。因此司馬遷說：「此人皆意有所鬱結，不得通其道也，故述往事，思來者。」這種原則對後人怎麼閱讀古典文學、怎麼看作家和作品的關係，產生了很深遠的影響。

　　那麼，究竟《史記》是歷史書，還是文學作品呢？這個分類問題值得深思。綜合來看，我們可以說，是歷史書；但內容包含很多文學色彩，有的章節接近於今天的歷史小說概念。而且，司馬遷通過材料的取捨試圖表達自己的世界觀，從這點看來也可以視為文學傑作。

小　結

　　對一般讀者而言，關於敘事，他們關心的僅僅是一些基本問題，例如文章使用了順敘、倒敘、插敘中的何種敘述方法。可是，如果要分析一篇作品，例如上文提到的《尚書》與《史記》，這些方法就顯得非常不足。而序列與轉化可以將敘事作品分解成一個個單元，以序列梳理出它的時間順序與轉接處，以轉化分析哪些情節推動了故事的發展，如此則可以更微觀地考察當中的美學元素，同時對一篇作品的好壞作出一個比較客觀的評價。

本章參考書目

高辛勇：《形名學與敘事理論》。臺北：聯經出版，1987 年。

浦安迪：《中國敘事學》（第 2 版）。北京：北京大學出版社，2018 年。

茨維坦・托多洛夫（Tzvetan Todorov）著，侯應花譯：《散文詩學——敘事研究論文選》（*Poétique de la prose*）。天津：百花文藝出版社，2011 年。

姚大力：《司馬遷和他的〈史記〉》。上海：復旦大學出版社，2016 年。

翁振盛：《敘事學》（與葉偉忠《風格學》合刊）。臺北：行政院文化建設委員會，2010 年。

王成軍：《紀實與紀虛——中西敘事文學研究》。南昌：百花洲文藝出版社，2003 年。

Watson, Burton. *Ssu-ma Ch'ien: Grand Historian of China*. New York: Columbia University Press, 1958.

Johnson, David. "Epic and History in Early China: The Matter of Wu Tzu-hsu." *Journal of Asian Studies* 40 (1981): 255—71.

專題研習

1.《左傳》莊公三十二年：

> 初，公築臺，臨黨氏，見孟任，從之。閟，而以夫人言，許之，割臂盟公，生子般焉。雩，講于梁氏，女公子觀之。圉人犖自牆外與之戲，子般怒，使鞭之，公曰：「不如殺之，是不可鞭。犖有力焉，能投蓋于稷門。」公疾，問後於叔牙。對曰：「慶父材。」問於季友。對曰：「臣以死奉般。」公曰：「鄉者牙曰『慶父材』。」成季使以君命命僖叔，待于鍼巫氏，使鍼季酖之。曰：「飲此，則有後於魯國；不然，死且無後」。飲之，歸，及逵泉而卒。立叔孫氏。

> 八月癸亥，公薨于路寢。子般即位，次于黨氏。

> 冬十月己未，共仲使圉人犖賊子般于黨氏。成季奔陳。立閔公。

以這段為例，分析《左傳》的敍事技巧。

2. 除了散文以外，還有敍事詩，如漢樂府詩〈陌上桑〉：

> 日出東南隅，照我秦氏樓。
> 秦氏有好女，自名為羅敷。
> 羅敷憙蠶桑，採桑城南隅。
> 青絲為籠係，桂枝為籠鉤。
> 頭上倭墮髻，耳中明月珠。
> 緗綺為下裙，紫綺為上襦。
> 行者見羅敷，下擔捋髭鬚。
> 少年見羅敷，脫帽著帩頭。
> 耕者忘其犁，鋤者忘其鋤。
> 來歸相怨怒，但坐觀羅敷。
> 使君從南來，五馬立踟躕。
> 使君遣吏往，問是誰家姝？
> 秦氏有好女，自名為羅敷。
> 羅敷年幾何？
> 二十尚不足，十五頗有餘。
> 使君謝羅敷：「寧可共載不？」
> 羅敷前置辭：「使君一何愚！
> 使君自有婦，羅敷自有夫。」
> 東方千餘騎，夫壻居上頭。
> 何用識夫壻，白馬從驪駒。
> 青絲繫馬尾，黃金絡馬頭。

腰中鹿盧劍，可直千萬餘。

十五府小史，二十朝大夫。

三十侍中郎，四十專城居。

為人潔白皙，鬑鬑頗有鬚。

盈盈公府步，冉冉府中趨。

坐中數千人，皆言夫壻殊。

用五言詩講故事，作家會遇到甚麼樣的挑戰？

第五章

文

類

文類的定義

■ ■

　　文類（genre）是指文學作品的類型，一般依作品所表現的結構與性質上之差異加以區分。文類之中還有次文類（subgenre），即同一文類中更細的分類，比如悼亡詩，就是詩的次文類。文類有形式、內容、長短或對象等要求。古典文學的讀者，很容易將文體與文類混淆。尤其是，古人用「文體」這個詞所表達的內涵並不一致，經常用「文體」指我們現在的「風格」概念。[1] 不過，《昭明文選》的序文這樣說：「凡次文之體，各以彙聚。詩賦體即不一，又以類分。類分之中，各以時代相次。」就很明確地區分了文體和文類：文體是大規模的分法，分詩體、賦體、贊體、誄

1　徐復觀先生認為應該恢復這種用法：文體是風格（style），文類是類別（genre），應該加以區分，因此「詩、樂府、賦、頌贊、祝盟、銘箴」等，都是「文類」之名，而非「文體」之名。「文體」指的是典雅、遠奧、精約、顯附、繁縟、壯麗、新奇、輕靡等（以上八體為劉勰所提出，見氏著《文心雕龍・體性》），即所謂「藝術性形相」；而「文類」則是依文章題材的不同所區分的類別。可備一說，詳見徐復觀：〈《文心雕龍》的文體論〉，《中國文學論集》（臺中：民主評論社，1966 年），頁 4—18。

體等等。而文體之中另有次文類，如《文選》裏的賦體按內容分成京都、郊祀、耕藉、畋獵、紀行、遊覽、宮殿、江海、物色、鳥獸、志、哀傷、論文、音樂、情等等。

中國古代文論比其他國家更發達，在公元第六世紀，《昭明文選》已將文學分成三十七種文體和很多次文類，已經很了不起。有的文體從六朝一直到清朝末年連續不斷，代有作者，沒有發生太大的變化。不過，體類之分顯然也有它的缺陷。比如，蕭統在「論」體之外又有「史論」體，看起來不太確切。嚴格地說，兩種類別都應該歸為論體。其實，文體或體裁兩個概念本來就不太客觀。如果我們只討論比較大的分類，如詩、詞等這些還是相當客觀的概念。更細微的文體，如漢朝「七」、「賦」之分，或「論」、「說」之分等等就很模糊了。所以我們需要一種比較靈活，可以用來描寫歷史變化的文論術語：即文類。跟文體不同的地方是，文類本來比較主觀，跟作品的詮釋分不開。

古代漢語缺乏文類這種概念不是偶然的。其實，英語本來也沒有這種概念。Genre 是法文外來詞，是英美學者從法國文論借來的詞語。這點可以說明，文類概念屬於現代文論。當然，古人也對文學作品進行過分類，但古人更注重的還是創作。[2]《文選》、《文苑英華》、《古文觀止》的編

2　西方文論也一樣：古人寫文學批評的時候，有各種目的，不見得可以直接被今人利用。關於這個問題，可以參看熱拉爾・熱奈特（Gérard Genette）的文論專著《廣義文本之導論》（*Introduction à l'architexte*），中譯本載史忠義編譯《熱奈特論文集》。

者都不是專門為了文學鑑賞或文學批評而編書的，他們還考慮到作家的需要，想選擇一些範文，讓下一代的作家更方便學習如何寫作。而我們這門課，跟現代大學大多數的文學課程一樣，屬於一種歷史文化研究。在學術研究的過程中，我們主要的目的不是完成自己的創作，而是將古代文學作品放在合適的歷史背景下去閱讀。

特別值得留意的是，各個時代的文類概念都不一樣。例如「律詩」並不是永恆不變的概念。當代香港人和內地人對律詩會有一些不同的要求；現代人的「律詩」概念又跟杜甫不一樣。其他的文類更複雜，例如「小說」本義是淺薄瑣屑的言論，跟俄國文豪托爾斯泰或陀思妥耶夫斯基的長篇小說一點關係都沒有。至今抒情詩還沒有一個很清楚的定義。一個文類像一個文學作品，屬於某一個歷史階段、某一些人甚至某一個批評家的構想。

簡單地說明中國文學史上的文類分析，大概是這個情況。上古沒有系統的分類法，或許《詩經》的基本結構可以看成一種原始的分類法。在漢朝，劉向和劉歆父子在將文類分成六個「略」（為《漢書·藝文志》採納），是中國文學批評上的重大突破。

文學分類法史舉例		
《詩經》（毛詩）	《漢書‧藝文志》	《昭明文選》
國風 小雅 大雅 頌	六藝略 諸子略 詩賦略 兵書略 術數略 方技略	賦、詩、騷、七、詔、冊、令、教、文、表、上書、啟、彈事、牋、奏記、書、檄、對問、設論、辭、序、頌、贊、符命、史論、史述贊、論、連珠、箴、銘、誄、哀、碑文、墓志、行狀、弔文、祭文

一樣的悼亡，不一樣的形式

　　上文提到的悼亡詩，即是以詩這一種文類來表達對亡故妻子的思念。晉代潘安的〈悼亡詩〉三首開啟了這一文類的寫作風氣；後代比較著名的悼亡詩，當數唐朝元稹的〈遣悲懷〉，其第二首詩云：

> 昔日戲言身後事，今朝皆到眼前來。
> 衣裳已施行看盡，針線猶存未忍開。
> 尚想舊情憐婢僕，也曾因夢送錢財。
> 誠知此恨人人有，貧賤夫妻百事哀。

　　詩人選取了一些夫妻日常生活的事物，即妻子生前用過的衣裳和針線，來表達對妻子的懷念，更直言妻子生前處境艱苦，對自己未能提供一個富足的環境，只能在妻子死後燒錢，感到自責不已：「誠知此恨人人有，貧賤夫妻百

事哀」，全詩用字淺白，恍如與妻子作家常對話一般。

然而，這種「悼亡」的思緒，不僅僅在詩這一個文類中有所表達，我們可以看到宋代的詞人，由蘇東坡開始，就用詞來發揮這一種題材，例如其有名的〈江城子‧乙卯正月二十日夜記夢〉：

> 十年生死兩茫茫，不思量，自難忘。千里孤墳，無處話淒涼。縱使相逢應不識，塵滿面，鬢如霜。　夜來幽夢忽還鄉，小軒窗，正梳妝。相顧無言，惟有淚千行。料得年年腸斷處，明月夜，短松岡。

用詞寫悼亡，是蘇軾的首創。這首「記夢」詞，實際上除了下片五句記敘夢境，其他都是抒情文字。「十年生死兩茫茫，不思量，自難忘」、「相顧無言，惟有淚千行」，這些情緒起伏的描述，情感的濃烈、直接，比〈遣悲懷〉更進一步，這當然和詞這一種文類的表達效果有極大的關係。另外，我們不妨引用蘇軾以碑這一文類，而寫就的〈亡妻王氏墓誌銘〉的部分片段，來做一個對比：

> 君諱弗，眉之青神人，鄉貢進士方之女。生十有六年而歸于軾，有子邁。君之未嫁，事父母；既嫁，事吾先君、先夫人，皆以謹肅聞。其始，未嘗自言其知書也。見軾讀書，則終日

不去，亦不知其能通也。其後，軾有所忘，君
輒能記之。問其他書，則皆略知之，由是始知
其敏而靜也。

這一段文字，主要是鋪陳作者妻子的生平資料，結婚
年齡、子嗣以及相關的事跡，突出她的聰慧賢能。可以看
到，其焦點不是放在作者的感情抒發方面，這正是受制於
文類的風格限制，從而讓同一種題材，在不同文類中，鋪
陳不同的內容重點。

由此可見，在不同文類的寫作之中，同一種題材，也
會有不同的表達。以下，我們再以王昭君作為例子，更詳
細地去考察同一個故事的內容如何在不同的文類中以不同
的面貌出現。

王昭君本事

王昭君，是中國古代史中家傳戶曉的人物，關於傳記
的歷史背景，主要參考資料是《漢書‧匈奴傳》和同書〈元
帝紀〉。王昭君，名嬙，字昭君，西漢南郡秭歸（今湖北興
山縣寶坪村）人，漢元帝時期被選入宮。在公元前 51 年，
匈奴的兩個單于（首領）之一，呼韓邪單于第一次正式到
漢廷覲謁漢宣帝。他哥哥去世以後，呼韓邪單于成為匈奴
的唯一領導人，在前 33 年又到了漢廷，「自言願壻漢氏以

自親」，然後漢元帝選擇「良家子王牆字昭君」做他的妻子。[3] 生二子後，呼韓邪死。昭君請求回長安，漢成帝不允許。按照匈奴風俗，她跟新單于結婚，再生二女。公元前15 年，昭君逝世，葬於匈奴，其墓世稱「青塚」，地點在現今內蒙古呼和浩特市南。「昭君出塞」，使漢與匈奴免於邊境爭端，對兩國邦交作出了重要的貢獻。然而，昭君至死未能回國，也令人惋惜其思念故國的感情。

可是，後代的文人很快就不滿意這個故事的簡單情節，想再裝飾潤色。於是連她的名字都發生了變化，因為晉人為了避晉文帝司馬昭的諱，將「昭君」改成「明妃」，後人也因而稱之為「明妃」。《後漢書》（范曄於五世紀編修）已經將關鍵的思鄉主題也寫進去，說呼韓邪單于崩後，王昭君想回到漢朝。從《後漢書·南匈奴列傳》開始，王昭君已經發展成有主體性的歷史人物。

詩文類中的王昭君

王昭君的故事，歷來都是文人吟詠的題材。例如南朝的時候，寒門詩人鮑照（約 414—466）就寫了一首〈王昭君〉：

---

3 見《漢書·匈奴傳》卷 94 下。按《漢書》此處記其名「牆」，同書〈元帝紀〉作「王檣」，《後漢書·南匈奴列傳》則稱「昭君字嬙」，三處記載已有不同。

　　既事轉蓬遠，一心隨鴈路絕。

　　霜鞞旦夕驚，二邊笳中夜咽。三

注釋

一　轉蓬：隨風飄轉的蓬草。
二　鞞（粵：皮，普：pí）：同「鼙」，軍中所用的樂鼓。《鮑照集校注》作輝。
三　咽（粵：噎，普：yè）：聲音淒涼滯塞。

　　這首詩作屬於絕句，它是漢朝以來常見的文類：四句，押韻。詩中絕、咽二字押韻，兩個都是入聲字（即中古音 dzwet, ʔet）。而對偶在絕句中則是可有可無的。當然，如果再仔細分類，則在絕句之下，這首詩屬於五言絕句這一個次文類。詩人運用了比喻的手法，以飄零的蓬草、雁路這些傳統意象，抒發王昭君孤苦無依的悲涼。再配合最後兩句的名詞，如鼙鼓、邊笳這些邊塞的事物，正好呼應她身處大漠的環境。這種依靠傳統意象以抒情的手法，正是傳統文類的特點之一：非個人性，就是説，主要的題材都出自文學傳統，凡是古代文學家都有可能寫類似的作品。即使這樣，同時也可以肯定此詩為比較典型的鮑照作品，因為他特別擅長寫樂府，還包括〈從軍行〉等描述漂泊於遠方的孤獨行人之類的主題。由此可見，閱讀古典文學時，分析文類可以成為一種很情緒化、很主觀的問題。

　　而王昭君這個歷史題材，即使到了新詩，也還是有詩人以此為題，撰寫出不凡的作品，例如余光中寫於 1983 年的〈昭君〉：

一出塞無奈就天高地遐

一把慷慨的琵琶

只憑纖纖的手指

撥撥刮刮

能彈壓幾千里的飛沙？

羊群細嚙着黃昏

馬前掠過了多少雁陣？

鞍上那宮人一路回首

為何蹄印盡處

不見了長安的蜃樓？

衛大將軍與霍嫖姚

高盔厚甲都承受不了

那樣沉重的邊恨與鄉愁

卻要這一對蛾眉彎彎

在風暴將到的向晚

哦，獨自去承受

　　這裏我們可以看到新詩這個文類的一些基本特色。例如在押韻方面，它只是偶然押韻，本詩就是「首」、「樓」、「愁」、「受」押韻。而在音節方面，為了調整節奏，部分詩句會使用相同節奏，換句話說，雖然字數不同，但是每一

句都大約有三個音節特別受到重視，成為所謂「重音」。[4]

　　例如本詩「一把慷慨的琵琶」、「只憑纖纖的手指」、「能彈壓幾千里的飛沙」、「不見了長安的蜃樓」、「衛大將軍與霍嫖姚」就同樣都是三個重音。至於在修辭上，新詩也會偶爾使用首語重複（anaphora），如本詩開首：「一出塞無奈就天高地邈／一把慷慨的琵琶」，藉着重複首字加強節奏。此外，詩人喜歡自問自語貫穿整篇，就像本篇的「能彈壓幾千里的飛沙？」「馬前掠過了多少雁陣？」「不見了長安的蜃樓？」新詩另一個特色就是經常使用口語，加強詩作的臨場感，例如本詩：「不見了」、「承受不了」等就是如此。可以說，新詩的敍事，處處都體現出詩人的主觀性（subjectivity）。

　　鮑照和余光中基本上是根據歷史事實發揮自己的詩歌想像。而且，雖然絕句和新詩在外在形式上很不同，寫作方法還是相似的，所利用的技巧和追求的境界也有類似的地方。不過，文類還是會影響詩人很多具體的選擇，包括節奏、技巧、詞彙等等。

　　當然，一個文類自有其歷史，在一千年的發展演變中會引進很多新的資料。其實，王昭君的故事在《後漢書》等歷史書中已經開始發生浪漫化。在中國古典文學中，小說和歷史的邊界一直不明確。本來古代的「小說」也不是

4　根據王力的說法，現代漢語跟英語等歐洲語言不同，並沒有嚴格的重／輕音之分。雖然如此，還有「相對」的輕音。參見王力著：《漢語詩律學》（上海：新知識出版社，1958 年），頁 865—69。

純粹的虛構故事。這裏談到的「小説」，是指古代小説，它跟現代的「小説」不是一個概念。典型的小説是志怪小説《搜神記》、志人小説《世説新語》等，都包含歷史的成分。

王昭君的故事在六朝就發生了轉變：一個新的虛構人物走上了舞臺。《西京雜記》是六朝人收集的關於西漢朝的一些有趣的軼事奇聞，並非信史。關於王昭君，其卷二收集了這則題為「畫工棄市」的故事：

> 元帝後宮既多，不得常見，乃使畫工圖形，案圖召幸之。諸宮人皆賂畫工，多者十萬，少者亦不減五萬。獨王嬙不肯，遂不得見。匈奴入朝，求美人為閼氏，於是上案圖以昭君行。及去，召見，貌為後宮第一，善應對，舉止閑雅。帝悔之，而名籍已定。帝重信於外國，故不復更人。乃窮案其事，畫工皆棄市，籍其家，資皆巨萬。畫工有杜陵毛延壽，為人形，醜好老少，必得其真……同日棄市。京師畫工於是差稀。

這兩則有關毛延壽害人害己的故事，其實是虛構的。不過，很多讀者還是會信以為真，而這個故事更在之後的文人創作裏不斷出現。同類作品不可勝數，我們在這裏只舉一個例子。

在宋代，用詩歌重寫王昭君故事的做法特別普遍，比

如王安石（1021—1086）的樂府詩〈明妃曲〉：

其一

明妃初出漢宮時，淚濕春風鬢腳垂。

低佪顧影無顏色，^一尚得君王不自持。

歸來卻怪丹青手，入眼平生幾曾有。

意態由來畫不成，當時枉殺毛延壽。

一去心知更不歸，可憐着盡漢宮衣。

寄聲欲問塞南事，只有年年鴻鴈飛。

家人萬里傳消息，好在氈城莫相憶。^二

君不見咫尺長門閉阿嬌，^三人生失意無南北！

其二

明妃初嫁與胡兒，氈車百兩皆胡姬。

含情欲說獨無處，傳與琵琶心自知。

黃金捍撥春風手，彈看飛鴻勸胡酒。

漢宮侍女暗垂淚，沙上行人卻回首。

漢恩自淺胡自深，人生樂在相知心。

可憐青塚已蕪沒，尚有哀弦留至今。

注釋

一　低佪：徘徊，流連。
二　氈城：指匈奴首領單于所居住的地方。
三　阿嬌：根據《藝文類聚》所引的《漢武故事》，漢武帝陳皇后小名阿嬌，因無子而嫉妒懷有龍種的衛子夫，最終被漢武帝廢去后位，打進長門冷宮。

｜ 明・仇英《漢宮春曉圖》（局部）

　　第一首詩描繪王昭君的美貌，寫昭君的風度、意態之美，並非畫師所能描繪，因此才有「當時枉殺毛延壽」這句評語。毛延壽是王昭君故事的一個新角色，這種文學傳統中的新成份，是漢朝以後好事者虛構出來的，在此能看到不同文類中，王昭君故事所發生的內部轉化。最後還提到漢武帝的皇后「阿嬌」，因為雇用名叫「楚服」的女巫以毒害衛子夫，所以被深鎖在長門宮裏面度過殘生。從另一個度看，詩人關注的焦點也隨之發生變化。王安石利用老舊的題材揭示出一個普遍的道理：「人生失意無南北」。

　　第二首詩描寫王昭君入胡及其在胡族中的遭際與心情，認為塞外雖遠，明妃在漢時僅僅為禁閉於長門中的掖庭待詔，未曾獲寵幸，又被朝廷當作和親禮物送去與外族通婚，所以漢家之恩淺；胡人對她以百輛車馬相迎，可見單于對其愛慕之深，於是王安石謂「漢恩自淺胡自深，人生樂在相知心」，認為不用因遠嫁異域而悲傷。

其實，這兩首詩跟鮑照的絕句也有形式上的關係。兩者都可以看成是由絕句構成的。所以文類不是嚴格的系統，其劃分與次序都會有模糊的界線。樂府詩裏面可以包含絕句，連白話詩都可以借用古詩的題材。文類就像典故或比喻一樣，是解讀文學作品的初步策略，而不是目的地。

王昭君故事的文學接受其實更複雜和多元化。尤其是，小說家發明了一些新的情節，雖然不符合歷史事實，但還是吸引了後代詩人和劇作家的興趣。

敍事文類中的王昭君

除了宮廷文人寫的詩文，在唐代的變文中，我們也可以找到王昭君的身影。變文是唐朝出現的新文類，是一種說唱文，包含韻文和散文兩種文體。它們大多包含宗教目的（在民間傳播佛教），因此得以保存於敦煌石窟中。而「變文」的意思，眾說紛紜，也許是因為文本原來配圖畫，方便於朗誦表演，故以名之。這個問題是很多現代學者關注的熱門課題，比如賓夕法尼亞大學教授梅維恆（Victor H. Mair）曾經寫過一本書，名為《繪畫與表演》（*Painting and Performance*），提供很多東亞和東南亞的資料，以論證變文跟一種傳統的說唱藝術有關係。

無論如何，變文與以上介紹過的文類有幾點根本性的不同。第一，變文算是俗文學，跟王安石的文人詩很不

一樣。其主要受眾有可能不是文人而是民眾。第二，這種受眾的差別也會影響作品的基本構成。文人詩雖然可以朗誦，但也可以寫成文字，很多人會通過閱讀去欣賞。變文恐怕不一樣，屬於一種口頭文學，主要受眾有可能是文盲。因此作家們不見得會講究字字句句的安排，而大意和總體效果就相對重要一些。第三，變文不是詩歌體而是半散文半韻文的混合文類。

正因為它的文類身份比較複雜，所以用文類研究的方法討論就很有意義。例如說，變文也包含韻文的部分，我們可以從而對比其詩歌跟歷代詩的異同；接着可以討論散文和韻文兩部分的異同。文類不是固定的、永恆不變的，而跟文學技巧相同，都是給作者隨意運用的工具而已。

王昭君故事在唐朝以前已經很流行，但〈王昭君變文〉是它達到另一種普及性的標誌。〈王昭君變文〉是伯希和帶回巴黎的敦煌卷子之一，原文有很多唐朝時的俗字（這亦反映其口頭文學的本質），不易卒讀，現根據敦煌學專家項楚先生的《敦煌變文選注》，迻錄其釋文如下：

> 漢女愁吟，蕃王笑和，寧知惆悵，恨別聲哀，管弦馬上橫彈，節會途間常奏。侍從寂寞，如同喪孝之家，遣妾攢蛾，一狀似敗兵之將。
>
> 莊子云何者：「所好成毛羽，惡者成瘡癬；」二「愛之欲求生，惡之欲求死。」三妾聞：「居塞北者，不知江海有萬斛之船；居江南之人，不知

塞北有千日之雪。」此及苦復重苦，怨復重怨。行經數月，途程向盡，歸家啼遙，迅速不停，即至牙帳。更無城郭，空有山川。地僻多風，黃羊野馬，日見千群萬群，□□（骨咄）瓶，時逢十隊五隊。以契丹為東界，吐蕃作西鄰；北倚窮荒，南臨大漠。當心而坐，其富如雲。氈裘之帳，每日調弓；孤格之軍，四終朝錯箭。

　　將戰為業，以獵射為能。不蠶而衣，不田而食。既無穀麥，啖肉充糧。少有絲麻，纖毛為服。夫突厥法用，貴壯賤老，憎女愛男。懷鳥獸之心，負犬戎之意。冬天逐暖，即向山南；夏月尋涼，便居山北。何慚尺璧，寧謝寸陰。是竟直為作處，伽陀人多出來掘強。五若道一時一餉，猶可安排；歲久月深，如何可度？妾聞：「鄰國者大而強，小而弱，強自強，弱自弱，何用逞雷電之意氣，爭烽火之聲，獨樂一身，苦他萬姓？」

　　單于見明妃不樂。為傳一箭，號令□軍。且有赤狄白狄，黃頭紫頭，知策六明妃，皆來慶賀。須命騾駝橐駝，叢叢作舞，七倉牛亂歌。百姓知單于意，單于識百姓心。良日可惜，吉日難逢。遂拜昭君為煙脂皇后。故入國隨國，入鄉隨鄉，到蕃裏還立蕃家之名，榮拜號作煙脂貴氏處，有（若）為陳〔說〕：

注釋

一　攢蚔：沒精打采，失意局促的樣子。

二　所好成毛羽，惡者成瘡癬：此語並非出自《莊子》，而是張衡〈西京賦〉，原作「所好生毛羽，所惡成創痏」。

三　愛之欲求生，惡之欲求死：也不是《莊子》成句，而是引用《論語·顏淵》。

四　孤格：格指「戰格」，打仗時防禦用的木柵。

五　伽陀：「是竟」一句費解，待考。

六　策：通「冊」，古代立后妃須用冊書，稱為「冊立」，故亦簡稱冊。冊立明妃，即下文所說「拜昭君為煙脂皇后」事。

七　叢叢：眾多雜亂之貌。

以上是變文的散文部分。以下是詩歌的部分，站在王昭君的角度撰寫：

傳聞突厥本同威，每喚昭君作貴妃，

呼名更號煙脂氏，一猶恐他嫌禮度微。

牙官少有三公紫，二首領多饒五品緋。

屯下既稱張毳幕，臨時必請建門旗。

搥鍾擊鼓千軍喊，叩角吹螺九姓圍，三

瀚海上猶鳴戞戞，陰山的是摵（顫）危危。四

樽前校尉歌楊柳，坐上將軍舞落暉，

乍到未聞胡地法，初來且著漢家衣。

冬天野馬從他瘦，夏月羜牛任意肥，

邊雲忽然聞此曲，令妾愁腸每意歸。

蒲桃未必勝春酒，氈帳如何及綵幃？

莫怪適來頻下淚，都為殘雲度嶺西。

注釋

一　煙脂：閼氏之音變，單于妻妾的稱號。
二　牙官：遊牧民族的屬官。
三　九姓：回紇的九個部落。
四　戛戛：擬聲詞。陰山：內蒙古諸山嶺的總稱。

　　文本中傳寫所造成的錯字、闕文或衍文都頗多，假如沒有幾代整理者的努力，直接閱讀原文會很費勁。可是，今人閱讀的困難不一定反映原作品的艱澀。有可能原文比較流暢，只是古人抄寫時不太嚴謹，很多地方因此才訛亂難通了。

　　從以上所引例子，可以看到變文有以下的特點：因它是古人說故事時活生生的文字紀錄，因此散文韻文混用；白話文多，典故少；敍事則略顯囉嗦。內容跟歷史記載已不相符，如王昭君想家愁絕，死後單于也為之悲傷，這些都不見於史籍。

　　不同的文類的信息量也不同。上引變文將很多新的內容寫進原有的故事，譬如匈奴的政治環境，跟其他民族的衝突等。大概敍事文體都需要這樣做，要不然歷史故事原來的情節太簡單，無法寫成好玩的故事。

　　同時，之前提到毛延壽的故事在歷代不斷出現，以下引晚唐時期程晏的〈設毛延壽自解語〉就是一個好例子：

　　　帝見王嬙美，召毛延壽責之曰：「君欺我之甚也。」延壽曰：「臣以為宮中美者，可以亂

人之國。臣欲宮中之美者，遷於胡庭。是臣使亂國之物，不遏於漢而移於胡也。昔閎夭獻美女於紂而免西伯，齊遺女樂於魯而孔子行，秦遺女樂於戎而間由余，是豈曰選其惡者遺之、美者留之邪？陛下以為美者，是能亂陛下之德也。臣欲去之，將靜我而亂彼。陛下不以為美者，是不能亂我之德，安能亂彼謀哉？臣聞『太上無亂，其次去亂，其次遷亂』。今國家不能無亂，陛下不能去亂，臣為陛下遷亂耳。惡可以為美為彼得乎？」帝不能省。君子曰：「良畫工也。孰誣其貨哉？」

當然，以上是對毛延壽的一次翻案。皇上責備他欺君，毛則回答：「陛下以為美者，是能亂陛下之德也。臣欲去之，將靜我而亂彼。」儼然一副忠臣的模樣。當然，他這樣回答，還是延續紅顏禍水這個概念，對女性極之不公。從現代的角度來看，這一次翻案僅僅是一個嘗試，但不能算是成功。

戲曲文類中的王昭君

毛延壽的故事，除了在上述的作品出現之外，在元雜劇中都有出現。馬致遠（1250—1321）《破幽夢孤雁漢宮秋》

正是這樣的一個故事。它的結構分成楔子和四折。楔子講述漢元帝使畫家毛延壽選擇侍女，四折的故事則分別如下：

一、王嬙貧窮無錢付畫家，畫像被醜化。但還是被皇帝看見，選為明妃；

二、匈奴要求漢朝送王昭君和親；

三、王昭君和元帝在黑江離別；

四、元帝夢中再遇昭君。

藝術必然有添加的成分，所以如果仔細分辨，雜劇和歷史事實還是有所出入，例如昭君本來是掖庭待詔，未曾封為明妃（我們仍記得「明妃」這個號是後人避晉文帝司馬昭的諱而出現）。歷史上昭君跟單于結婚，更生了兩個孩子；但在劇中，她卻選擇了投江自盡。而畫家毛延壽正如前述，是六朝人虛構的人物。另一點值得注意的是當時漢朝是大帝國，比匈奴強大；在劇中卻是相反的，比較像宋朝與遼、金、西夏等鄰國外族的關係。

馬致遠雜劇的特色，據何貴初教授所言，有以下幾點：第一，結構布局方面，關目緊湊，簡潔精煉，而且善用對比手法突出人物。第二，在語言藝術方面，曲詞的語言能做到雅俗共賞，抒情意味非常濃郁。第三，在藝術特色上，人物形象突出鮮明，篇章能做到情景交融。例如第三折寫漢元帝惆悵：

〔（駕）云〕您文武百官計議，怎生退了番兵，免明妃和番者？〔唱〕

【駐馬聽】宰相每商量，大國使還朝多賜賞。早是俺夫妻悒快，小家兒出外也搖裝。尚兀自渭城衰柳助淒涼，共那灞橋流水添惆悵。偏您不斷腸。想娘娘那一天愁都撮在琵琶上。

〔做下馬科〕〔與旦打悲科〕〔駕云〕左右慢慢唱者，我與明妃餞一杯酒。〔唱〕

【步步嬌】您將那一曲〈陽關〉休輕放，俺咫尺如天樣。慢慢捧玉觴，朕本意待尊前捱些時光。且休問劣了宮商，您則與我半句兒俄延着唱。

〔番使云〕請娘娘早行，天色晚了也。

可以看到這段文字大量運用當時的白話，配合部分典雅的文言：「渭城衰柳助淒涼」、「灞橋流水添惆悵」，做到文白夾雜，雅俗共賞。

到了離別的一段，王昭君的對白值得留意：

〔駕唱〕

【落梅風】可憐俺別離重，你好是歸去的忙。寡人心先到他李陵臺上。回頭兒卻才魂夢裏想，便休題貴人多忘。〔旦云〕妾這一去，再何時得見陛下？把我漢家衣服都留下者。〔詩云〕正是：今日漢宮人，明朝胡地妾。忍着主

衣裳，為人作春色。〔留衣服科〕〔駕唱〕

【殿前歡】則甚麼留下舞衣裳，被西風吹散舊時香。我委實怕宮車再過青苔巷，猛到椒房，那一會想菱花鏡裏妝，風流相，兜的又橫心上。看今日昭君出塞，幾時似蘇武還鄉？

這裏運用了兩個常見的典故：「寡人心先到他李陵臺上」、「幾時似蘇武還鄉？」按李陵、蘇武都是漢朝時被逼滯留異地，思念故國的代表人物，可見作者以此正襯王昭君流落塞外的辛酸。另外，本節更插入詩作：「今日漢宮人，明朝胡地妾。忍着主衣裳，為人作春色。」嘗試容納不同的文類，可謂跨文類創作的早期例子。其實，中國古代文類大多都是這樣混和雜糅、雅俗共存的，比如通俗的文類也會用文學典故，連正統的唐詩也跟當時的流行歌曲有很緊密的關係等。我們將某一個文學作品定位的時候，不能單用文本內部的證據，還一定要參考表演的情況、流傳的紀錄等因素。

其後，經過送別之後，皇帝不禁反思自己的行為：

〔番使云〕請娘娘行罷，臣等來多時了也。〔駕云〕罷、罷、罷。明妃，你這一去，休怨朕躬也。〔做別科，駕云〕我那裏是大漢皇帝！〔唱〕

【鴈兒落】我做了別虞姬楚霸王，全不見守

玉關征西將。那裏取保親的李左車，送女客的
蕭丞相？

〔尚書云〕陛下不必掛念。〔駕唱〕

【得勝令】他去也不沙架海紫金梁？枉養着
那邊庭上鐵衣郎。您也要左右人扶侍，俺可甚
糟糠妻下堂！您但提起刀槍，卻早小鹿兒心頭
撞。今日央及煞娘娘，怎做的男兒當自強！

〔尚書云〕陛下，咱回朝去罷。

「我那裏是大漢皇帝！」一句一針見血，直接抒發元帝
對自己無能的感慨，連身邊的女人都保不住，又如何誇談
治國平天下？以下「別虞姬楚霸王」、「李左車」、「蕭丞相」
這一系列的歷史典故則喚起觀眾的熟悉感。而之後的段落
更運用了多種的修辭手法：

〔駕唱〕

【川撥棹】怕不待放絲韁，咱可甚鞭敲金
鐙響。你管燮理陰陽，掌握朝綱，治國安邦，
展土開疆。假若俺高皇，差你個梅香，背井離
鄉，臥雪眠霜。若是他不戀恁春風畫堂，我便
官封你一字王。

〔尚書云〕陛下，不必苦死留他，着他去了
罷。〔駕唱〕

【七兄弟】說甚麼大王、不當、戀王嫱，兀

良怎禁他臨去也回頭望！那堪這散風雪旌節影悠揚，動關山鼓角聲悲壯。

【梅花酒】呀！俺向着這野悲涼：草已添黃，色早迎霜；犬褪得毛蒼，人搠起纓槍；馬負着行裝，車運着餱糧，打獵起圍場。他、他、他傷心辭漢主，我、我、我攜手上河梁。他部從入窮荒，我鑾輿返咸陽。返咸陽，過宮牆；過宮牆，遶迴廊；遶迴廊，近椒房；近椒房，月昏黃；月昏黃，夜生涼；夜生涼，泣寒螿；泣寒螿，綠紗窗；綠紗窗，不思量！

在這一段，我們可以清楚看到作者的修辭手法，例如首語重複「他、他、他傷心……」；大量密集的頂真、反覆：「我鑾輿返咸陽。返咸陽，過宮牆；過宮牆，遶迴廊；遶迴廊，近椒房；近椒房，月昏黃；月昏黃，夜生涼；夜生涼，泣寒螿；泣寒螿，綠紗窗；綠紗窗，不思量！」就像連珠炮發一樣，將感情推到高峰。最後則以劇中之詩收結：

〔番王驚救不及，嘆科，云〕嗨，可惜，可惜！昭君不肯入番，投江而死。罷、罷、罷，就葬在此江邊，號為「青塚」者。我想來，人也死了，枉與漢朝結下這般讎隙，都是毛延壽那廝搬弄出來的。把都兒，將毛延壽拿下，解送漢朝處治。我依舊與漢朝結和，永為甥舅，

卻不是好！〔詩云〕

則為他：丹青畫誤了昭君，背漢主暗地私
奔；

將美人圖又來哄我，要索取出塞和親。

豈知道投江而死，空落的一見消魂。

似這等奸邪逆賊，留着他終是禍根。

不如送他去漢朝哈喇，依還的甥舅禮，兩
國長存。

所以雜劇裏面還利用了詩歌體：即劇中有詩。文類
之間的關係通常是這樣的。某一種文類其實沒有固定的邊
界。連「律詩」、「雜劇」這些比較獨特的文類本來都不是
固定的，只是成熟以後，學者下定義，說明文體的界限。
本來文類都是創造性的，是作家和觀眾之間一起形成的一
種模式。戲曲需要展現一些不同人物的性格，而詩歌擅長
表達激烈的感情。兩種文類可以合作，將各自的利弊互
補，以便達到更美好的效果。

小結

　　上述作品大多屬於不同的文體：絕句、古詩、新詩、雜劇、變文。各文類都有它自己的一些基本要求、標準。但是，從另一方面來看，文類的概念其實比較靈活：一方面屬於不同的文類（如詩歌、戲曲等），另一方面這些都可以看成「關於王昭君的韻文作品」，中國古典文學中的一種獨特的次文類。而在昭君這麼多的文類之中，更有跨越「文體」的連結。文學作品與文類的關係不是靜態的而是動態的、富有創意的。比如漢元帝說「幾時似蘇武還鄉？」他在反思「李陵蘇武」主題與「明妃」主題之間的差距。可以說，每個新的文學作品都會有機會改變「明妃」主題及相關的文類。

　　雖然文類概念可以對文學研究起很大的作用，但區分文類並不是我們的最終目標；最終目標是在文類研究的基礎上去瞭解某一些作品、作家、歷史情況。偉大的德國哲學家高達美（Hans-Georg Gadamer）曾寫過：

　　　　要詮釋這個我們共同參與其中的世界的，
　　首要任務不是把方法思維的客觀化；當然可以
　　包括這一點，但它不是我們這項詮釋活動的存
　　在理由（raison d'être）。當我們解釋一個文本時，
　　並不是要「科學地」證明眼前這一首愛情詩屬

於愛情詩這個文類，因為那樣無非是客觀的陳述，沒有人能對此置疑；但如果那樣的結論是探討一首詩的唯一結果，那麼我們的詮釋就失敗了。背後真正的意圖是要根據該詩自身，以及它與一眾愛情詩擁有共同的結構此一獨特關係，從而理解這麼一首愛情詩。

基於這種原則，研究王昭君論述的意義並不在於證明某一個次文類的存在，而在於瞭解某一個作品和它所反映的昭君形象。先瞭解歷史發展的脈絡，才能正確認識到跨越歷史的規律，然後才能回到某一個時空，重新以小見大。

本章參考書目

張高評：《王昭君形象之轉化與創新——史傳、小說、詩歌、雜劇之流變》。臺北：里仁書局，2011 年。

李士彪：《魏晉南北朝文體學》。上海：上海古籍出版社，2004 年。

何貴初編注：《馬致遠雜劇〈漢宮秋〉》（*Ma Zhiyuan and His Play Autumn in the Han Palace*）。香港：玉京書會，2015 年。

熱奈特（Gérard Genette）著，史忠義編譯：《熱奈特論文集》。天津：百花文藝出版社，2001 年。

Kwong Hing Foon 顧慶歡. *Wang Zhaojun: Une Héroine chinoise de l'histoire à la légende*. Paris: College de France, 1986.

Mair, Victor H. *Painting and Performance: Picture Recitation and Its Indian Genesis*. Honolulu: University of Hawai'i Press, 1989.（中譯本見梅維恆著，王邦維、榮新江、錢文忠譯，季羨林審定：《繪畫與表演：繪畫敍事及其起源研究》。上海市：中西書局，2011 年。）

專題研習

1. 上文引述王昭君這個主題在不同文類的表現，試以「桃花源」這個主題，收集不同文類的文本作類似的分析。

2. 能否收集一些以傳統中國古典主題為題材的現代詩？它們又是怎樣詮釋這些古典文學的主題？

第六章

神

話

何謂神話

「神話」這個詞來自古希臘文 *mythos*，即故事；英文稱 myth(ology)，原來指所有以神靈或英雄等超自然人物為內容的故事，然而，現代學者將其意義延伸到任何具有象徵意義的故事，它們的一個顯著特征是可以用來幫人類解釋一些重要問題，如世界起源、男女關係等。換言之，神話是象徵意義極其深奧的故事，也是提出關於人類的最根本問題的故事。世界各個國家、民族都有神話，它是先民對自然現象的解釋，當中包涵了他們的思維模式、心理結構和對世界的想像。

正如人類學家李維史陀（Claude Lévi-Strauss, 1908—2009）認為，神話故事在今人看來無疑荒誕，但其實這種幻想隱隱然有一層「秩序」。這種秩序體現為「一再於全世界重複出現」的程式化了的「故事」，或某種相對穩定的「結構」。可以說，神話可以將不同的文化領域連繫起來，包括思想和文學、宗教和藝術等等。

比如說，羅馬著名詩人奧維德（Ovid）的神話史詩《變形記》（*Metamorphoses*）第二卷有這段故事：

周夫與歐羅芭（第 833 - 875 行）（呂健忠譯）

　　阿特拉斯的外孫莫枯瑞烏斯懲罰了言行乖張的嫉妒女阿葛勞若絲，離開為了紀念雅典娜而取名的雅典，鼓翼回到天界。他的父親周夫（Jove，按即古羅馬神話中的朱庇特，希臘神話中稱作宙斯）叫他到一旁，真正的理由是他動了情，卻祕而不宣，只說：「兒子啊，你執行我交代的事一向忠心耿耿，別耽擱，像往常一樣趕快飛到人間去，去找到左手邊仰望就是你的母星，當地人稱為西頓的地方。你會看到王室的牛群在山坡吃草，把他們趕到海邊去。」

　　他才把話說完，牛群就給趕離山坡奔往海濱，正如周夫指示的，來到國王的女兒慣常跟她的提若斯少女玩樂的地方。

　　威嚴和情意搭配下來，這兩者無法共處。所以，周夫這眾神之父兼天界的統治者，右手揮舞的是叉狀雷霆，點個頭就舉世天搖地動，他把權杖擱在一旁，暫時撇下堂皇的威儀，彎腰低頭化身成公牛的形態，混入閹牛群中，在青青草地上遊蕩，拼命展現自己的儀容。他一身素白，有如未經踐踏的雪地，還沒有因為南風帶來雨水而造成滿地泥濘。他的頸肌渾圓結實，喉部兩側垂肉低懸，一對牛角小巧玲瓏，簡直就是巧手精雕細

琢的作品，晶瑩剔透勝過毫無瑕疵的珠寶。他的額頭毫無威脅可言，他的眼神不會使人膽怯，他的神情看來溫馴又安詳。

腓尼基王阿格諾的女兒又驚又喜欣賞這隻漂亮而且友善的牛。起初，她雖然看他溫馴，卻不敢貿然親近。後來她越看越喜歡，越喜歡就挨得更近，信手抓了一把花湊到他潔白的嘴唇。化身成牛的天神樂在心裏，舐了她的手，權且為即將到手的大歡喜預先解饞。不解則已，一解益渴，他幾乎壓抑不下蠢蠢欲動的激情。為了精彩可期的續攤，這隻情聖牛盡情配合她，一下子在草地上蹦蹦跳跳，一下子把雪白的身子躺在黃沙地上。就這樣逐漸解除她的心防，開懷展胸任憑她的纖纖處女手去撫摸，讓她在他的曲角紮上新編的花圈。這公主甚至還放膽跨上牛背——她跟本不曉得自己跨腿騎坐的是甚麼背。這天神裝得若無其事，信步開走，逐漸遠離乾地與沙地，一雙冒牌的牛蹄在淺灘留下印痕越走越遠，接着踏水凌波，馱負戰利品全速飛奔入海。

歐羅芭（Europa）嚇得花容失色，頻頻回頭張望越退越遠的海岸線。她右手緊抓牛角，左手撐在牛臀上，束腰衣襬在身後迎海風招展。

這則神話至少可以作出三種詮釋：

· 第一是歷史地理含義，故事反映腓尼基文化傳入古希臘的歷史脈絡，更大規模的意義甚至可以說是整個歐洲（Europe；歐羅芭的名字 Europa，正正是拉丁文中的歐洲）的起源：吸收近東與希臘兩個文明的因素；

· 第二是哲學含義，例如宙斯是天神，象徵至高的精神；而祂得化成公牛（物質）才能完成任務。新的創造是精神和物質互相結合才能產生的；

· 第三是心理含義，將神話視為男女關係的一種原型，如《美女與野獸》，象徵女人的愛將野蠻的男人文明化。

哪個說法是正確的？每個都是，因為對神話的詮釋總是片面的。如果一則故事只能符合一種詮釋策略，它肯定不是神話，只是普通的故事而已。神話的主要功能就是說明一般邏輯或敍事捉摸不到的道理。

至於神話與文學的關係，是非常神秘而有趣的話題。也許神話可以看成一種橋樑，將較深刻而難以把握的主題改成更容易接受的故事。其中最重要的方法之一是「擬人化」（personification），例如，古希臘人很看重「愛」這個概念，認為愛可以分成幾種，如對朋友的友愛、對異性或同性配偶的情愛、對國家的忠愛、甚至對真理的熱愛。不過，直接談這種抽象概念太單調。所以古希臘的作家寧可將愛情擬人化為所謂「愛神」（Aphrodite），歌頌這位極其美麗的女神，而不常談抽象的「愛」。

古希臘文學在最初階段已開始利用這個方法。比如有一首史詩《庫普里亞》（*Cypria*）[1]，雖然全文遺失，但還保存以下的片段：

花衣

她身着花衣，是「優雅」與「時季」

所裁製，又在春天的群花中染過色，

那都是「時季」帶來的鮮花，有紫紅花，

藍牽牛花，盛開的紫羅蘭，

朵兒可愛的芬芳的紅玫瑰，

瓣兒清香的黃水仙和百合花。

這樣，愛神穿的是四季的香衣裳。

無名詩人對愛神進行的描寫很可愛，想像也很豐富，而這組詩句同時也包含了深層的涵義。比如他說愛神的花衣是「優雅」（Graces）與「時季」（Hours / Seasons）所裁製，再進一層用幾種不同的擬人化，說明愛被優雅等外在因素所吸引，而且與大自然規律的四季緊密配合，這些都是描寫愛的本質的文學方法。

愛神的擬人化是貫穿着整個西方文學傳統的重要主題，在文藝復興的繪畫傑作中最明顯，例如波提切利（Sandro Botticelli）畫維納斯的畫作：

1　水建馥編譯：《古希臘抒情詩選》（北京：人民文學出版社，1988年），〈辨惑〉篇引文，頁35。

| Sandro Botticelli- "La nascita de Venere"

　　要留意 Venus 是 Aphrodite 的拉丁文名稱，是指同一位女神。

　　當然，中國的神話研究者，自近代以來已有不少出色的貢獻。早期如茅盾則以希臘、北歐神話為參照對比，描繪了中國神話的初步輪廓。後來，鄭振鐸、陳夢家、聞一多、鍾敬文等就以民俗學的方法和角度，嘗試解釋中國神話背後的意趣。集大成者，當推袁珂的《中國古代神話》，他對中國神話傳說進行了整理，可謂居功至偉。專門討論神話與文學關係的還有幾位學者，如臺灣的王孝廉：

　　　　神話與文學的關係以及轉變的過程，正如
　　中國古代神話所見的盤古與日月江海的關係，
　　傳說盤古之死，頭化為四岳，眼睛化為日月，

脂膏化為江海，毛髮化為草木。盤古雖然死了，但是他卻分化成了日月江海，並不是因為盤古之死而使盤古消失，他依然在日月江海之中呈現一種化石性的存在，神話變成文學以後，神話中的習俗、信仰等因素在文學中也是呈現這種化石性的存在現象，化石雖然喪失了它們活潑的生命力，但這些化石卻是後代文學的種子，文學正是在神話用它自己的血液所灌溉的園地上萌芽的。[2]

而我們只有學習這些「化石」的來源，才能認識到後代文學作品的「血液」有何種意義和內在的邏輯。

受到現代學者有關神話與文學之研究的啟發，本章會探討神話在古代中國文學中所起的作用。這個主題非常龐大，所以我們會選擇一個更具體的對象，即中國的創世女神。雖然祂的形象跟希臘愛神截然不同，但我們同樣會看到中國文學家如何改變一則神話故事並無限延伸。雖然神話故事的最早面貌看起來比較簡單，但不要以為它們沒有深層的含意。要不然，一千多年來的大詩人們怎麼還是這麼看重它？歷代的文人為何總會回眸它們的身影而找尋新的創作靈感？

2　王孝廉：《中國的神話與傳說》（臺北：聯經出版，1977 年），頁 8。

中國的女媧神話

─

　　每個民族都有人類起源的神話，中國也不例外，其中最著名的，當數女媧造人。以下是應劭（約 204 年卒）《風俗通義》的佚文[3]：

> 俗說：天地開闢，未有人民。女媧摶黃土作人，[一] 務劇力不暇供，[二] 乃引絚於泥中，[三] 舉以為人。故富貴者黃土人，貧賤者絚人也。

注釋

[一] 摶（粵）：團，（普）：tuán：搓揉成團。
[二] 務劇力：工作量很大，很費力。
[三] 絚（粵）：庚，（普）：gēng：同「緪」，粗大的繩索。

　　從上述文字，可以看出古人認為人類是由天神女媧搓揉黃土製造出來的，這種有關人類誕生的神話在世界各地都有。另外，我們可以看到古人怎樣解釋人生於世本應才能一樣，為何會有智商高下、貧賤富貴之分？他們認為是女媧造人時的問題：早期單純用黃土造的是品質好一些的人，後來拿大繩索放入泥巴造的品質就壞一些。當然，如果用現代科學的眼光，會覺得是笑話。不過，這其實代表

3　王利器編：《風俗通義校注》（北京：中華書局，1981 年），頁 601。

了古人認為人類的才能智慧，是先天賦予的，後天的力量無法改變。

　　女媧是中國神話中非常重要的人物，有關祂的神話故事不止一個。例如女媧跟伏羲的神話故事也為人所熟悉，兩位神祇一起創造人類和文化。以下是唐代的《伏羲女媧圖》（1967 年吐魯番市阿斯塔那 76 号墓出土）：

伏羲女媧圖

　　壁畫上，女媧、伏羲分享同一條蛇身，體現出中國遠古時代對蛇的崇拜，因蛇具有頑強的生命力和旺盛的生殖力，所以古人普遍視為有靈性的動物而加以祭祀，在近海地區的東夷更奉之為部落的圖騰。

　　另一個有關女媧的故事，就是女媧補天，這個故事因

經常出現在時下的電視劇以至手機遊戲情節中而廣為年輕人熟知。而在古代，最初的相關文字記錄則見於西漢時期的《淮南子·覽冥》：

> 往古之時，四極廢，[一]九州裂，[二]天不兼覆，[三]地不周載，[四]火爁炎而不滅，[五]水浩洋而不息，猛獸食顓民，[六]鷙鳥攫老弱。[七]於是女媧鍊五色石以補蒼天，斷鼇足以立四極，[八]殺黑龍以濟冀州，[九]積蘆灰以止淫水。[十]蒼天補，四極正，淫水涸，[十一]冀州平，狡蟲死，[十二]顓民生。背方州，[十三]抱圓天，和春陽夏，殺秋約冬，[十四]枕方寢繩，陰陽之所壅沈不通者，竅理之；[十五]逆氣戾物傷民厚積者，絕止之……

注釋

[一]　四極：四方支天的樑柱。極：棟樑，指天柱。廢：毀壞。

[二]　九州：九州大地。據《尚書·禹貢》，古時分天下為冀、兗、青、徐、揚、荊、豫、梁、雍九州。裂：崩裂。

[三]　兼覆（粵：阜，普：fù）：完全覆蓋。兼：一併，完全。

[四]　周載：（把萬物）完全承載。周：普遍。

[五]　爁（粵：艦，普：làn）炎：大火燃燒蔓延貌。

[六]　顓（粵：專，普：zhuān）民：善良的人們。

[七]　鷙鳥：猛禽，如鷹、雕、鷲等。攫（粵：霍，普：jué）：鳥獸用爪抓取東西。

[八]　鼇（粵：熬，普：áo）：神話中的巨龜。這句說女媧用龜足做支天的四根柱子。

[九]　黑龍：神話中的洪水神。濟：救助。

[十]　蘆灰：蘆葦燒成的灰。淫水：大水，指洪水。

十一 涸：乾枯，水枯竭。

十二 狁蟲：指害人的兇禽猛獸。

十三 背方州：背對大地。天圓地方，地又有九州，故稱地為方州。

十四 和春陽夏，殺秋約冬：和、陽、殺、約都是使動用法，分別是使溫和、使炎熱、使肅殺、使斂藏的意思，用來形容四季的屬性。

十五 竅：貫通。理：疏理。

　　在這裏，我們可以看到創世的神話：女媧以五色石補青天，也可看到一如西方神話中有關大洪水的故事。而且，在遠古時候，人神共處，神也不是全能，女媧補天還是有些缺漏，因此西北的天空低斜了一些，祂唯有殺了一隻大烏龜，切了烏龜的四隻腳作成四根天柱，安放在天的四角，以防它再塌下來。之後，祂再燃燒蘆草，用它的灰去填堵洪水，使低窪之處的地勢增高。當然，這些神話故事的背後，其實包含了古人對世界的認知，例如他們認為天圓地方，還有天下分成九州，面對惡劣的天災例如洪水大火，他們認為是有超自然力量在背後助他們解脫危難。

中國神話的寶庫：〈天問〉

　　每個文明都有一些神話故事。中國的情況比較特殊。通過各種文獻的藝術痕跡，我們可以確定古代有許多神話，只是沒有完整、系統性的紀錄。這種情況反映出漢朝儒者的世界觀。根據「子不語怪力亂神」的原則出現，神

話在古代被普遍視為不經之說，因此，現存的神話資料都比較零碎。古代神話保留得比較好的文獻有《楚辭・天問》和《山海經》，它們分別從「反問」和「地理」兩種非神話的原則，將大量神話資料梳理出一個梗概。

對於〈天問〉的創作原因，專家們歷來有過很多不同的看法，至今也未有定論。例如東漢楚辭學家王逸的看法是：

> 〈天問〉者，屈原之所作也。何不言問天？天尊不可問，故曰天問也。屈原放逐，憂心愁悴。彷徨山澤，經歷陵陸。嗟號昊旻，仰天嘆息。見楚有先王之廟及公卿祠堂，圖畫天地山川神靈，琦瑋僪佹，及古賢聖怪物行事。周流罷倦，休息其下，仰見圖畫，因書其壁，呵而問之，以渫憤懣，舒瀉愁思。楚人哀惜屈原，因共論述，故其文義不次序云爾。

他認為是屈原在楚先王公卿祠堂，見壁畫有感，即興書壁而作，以發洩心裏的悲憤。不過，從現在的考古材料來看，「尚未發現大型壁畫遺存，只是在江陵天星觀一號墓槨室的橫隔板上，繪有 11 幅小壁畫，畫面作『田』字形構圖，用五種彩色畫着菱形紋、捲雲紋和三角形花瓣狀雲紋。」[4]

4　魏昌主編：《楚國簡史》（武漢：中國地質大學出版社，1989 年），頁165。

　　而〈天問〉有超過 170 個問題，要用畫面來體現，在
當時的條件下恐怕要想達成是非常困難的。

　　筆者則認為，這篇可能是屈原將一些錯雜的神話傳說
合編為一系列問題的奇文。發問形式所起的作用是一邊重
述傳說，一邊提出質疑，重新用細緻的眼光看待、審視這
些傳說。

　　《楚辭・天問》一開始就對宇宙的起源提出了疑問：

　　　　（一）

　　　　遂古之初，誰傳道之？¯

　　　　上下未形，何由考之？

　　　　（二）

　　　　冥昭瞢闇，二誰能極之？

　　　　馮翼惟象，三何以識之？

　　　　（三）

　　　　明明闇闇，四惟時何為？

　　　　陰陽三合，五何本何化？

注釋

一　遂：即邃，遙遠；遂古，即遠古。傳道：傳說。

二　冥：幽暗。昒（粵：忽，普：hū），黎明。瞢：同懵，即昏昧。

三　馮：滿。馮翼：大氣瀰漫貌。惟象，即只有這些形象而已。

四　闇闇：隱晦貌。時：是。

五　三合：陰、陽、天的合體。

之後的三段，則可以看出屈原以及當時的人對天文的認識及想像：

（七）

天何所沓？ˉ 十二焉分？ˉ

日月安屬？ˉ 列星安陳？

（八）

出自湯谷，ˉ 次于蒙汜。ˉ

自明及晦，所行幾里？

（九）

夜光何德，ˉ 死則又育？

厥利維何，ˉ 而顧菟在腹？ˉ

注釋

ˉ 沓：會合。

ˉ 十二：十二星次。

ˉ 屬：附屬。

ˉ 湯谷：古代神話中太陽沐浴升起之處。

ˉ 蒙汜（粵：似，普：sì）：古代神話中日入之處。

ˉ 夜光：即月亮。

ˉ 厥：其，指月亮。利：好處。

ˉ 顧菟：有兩個說法，指月亮中的兔子或蟾蜍。

正如魯迅所說：「懷疑自遂古之初，直至百物之瑣末，放言無憚，為前人所不敢言。」（〈摩羅詩力說〉）這篇作品敍事雖然豐富繁雜，疑問不停，看似雜亂無章，但其實

次序井然，先問天地形成，宇宙變化，繼而問人事更替，歷史興亡，最後歸結到楚國的現實政治，由遠及近，從虛而實，線索脈絡，皆清楚分明。正如王夫之所說：「篇內事雖雜舉，而自天地山川，次及人事，追述往古，終之以楚先，未嘗無次序存焉。」（《楚辭通釋》）

而這篇文章接下來的段落更出現了女神的身影，如下：

（十）

女岐無合，夫焉取九子？

伯強何處？惠氣安在？

女岐是古代女神（一說也是星名），王逸云：「無夫而生九子也。」有的學者認為反映原始母權社會制度，但也許指月神常羲（又稱常儀）。至於伯強，則是風神，相當於箕宿。（另參王逸異說：「大厲，疫鬼也。所至傷人。」）除了女神女岐，更有上文屢次提及的女媧：

（四十九）

厥萌在初，ˉ何所億焉！

璜臺十成，ˉ誰所極焉？

（五十）

登立為帝，孰道尚之？

女媧有體，孰制匠之？

（五十一）

舜服厥弟，^三 終然為害。

何肆犬體，^四 而厥身不危敗？

注釋

一　厥：其。萌：同民。

二　瑤臺：玉臺。十成：十層。

三　服：依從。舜弟名象，為人狂放，曾陰謀殺害舜。

四　肆：放肆。犬體：指象心術不正，猶如狗一樣。

　　所謂「女媧有體，孰制匠之？」白話文就是「女媧的身體是誰造出來的？」一般認為女媧是人首蛇身的女神，正如上引漢朝畫像石展示的那樣。但這也跟蜥蜴、青蛙等動物相關，而「媧」與「蛙」形音都相似。古代神明常擁有動物圖騰，這是原始宗教的特點之一。

　　而在其他的中國古代典籍中，都有一些類似女媧的神話，就好像《山海經·北山經》所記填海的精衛：

　　（神囷山）又北二百里，曰發鳩之山，其上多柘木。^一有鳥焉，其狀如烏，^二文首、^三白喙、赤足，名曰精衛，其鳴自詨。^四是炎帝之少女，名曰女娃。^五女娃游于東海，溺而不返，故為精衛，常銜西山之木石，^六以堙于東海。^七

注釋

一　柘木：拓樹，桑樹的一種。

二　烏：烏鴉。

三　文：同紋，花紋。文首：頭上有花紋。

四　其鳴自詨（粵：效，普：xiào）：牠的叫聲如同呼喚自己的名字。

五　是：同「此」。少女：幼女。

六　銜：用嘴含。

七　堙：填塞。

　　精衞和女媧都有治水貢獻，另外神話形象也有幾個相似的地方，首先，兩者都可象徵堅持不懈的精神；其次，牠們的故事包含了一些古代的地理知識；另外，女主角都是突然經歷身體變化。最後，女主角的名稱也很相似：女娃、女媧；有學者認為兩個都是青蛙生殖力女神的化身，兩個神話都象徵一種富於創造力的精神，值得看成古代的創造力的「原型」（archetype）。[5]

中國文學傳統中的女媧和精衞

　　正如前文所述，女媧和精衞都代表了一種堅持不懈的精神，而牠們的故事，在後世文學中一再出現。下文將會介紹的三位文學家及其作品，他們分別是：陶潛、李白、

5　林美茂著：〈神話「精衞填海」之「女娃游於東海」〉文化原型考略〉，載《中國人民大學學報》，2014年，第一期，頁134—144。

及李賀。

　　陶潛（365—427）活躍於晉宋兩朝之際，曾為桓玄（後來叛逆篡位的將軍）的門人。最後官位為彭澤令，406年辭職，返回家鄉潯陽（今江西省九江）。〈讀山海經十三首〉似是陶潛退隱以後，閒居躬耕的時候所作，成於407年左右。這十三首詩作，第一首是序詩，交代了寫作的主旨：「泛覽周王傳，流觀山海圖。俯仰終宇宙，不樂復何如？」其後各詩從《山海經》、《穆天子傳》（即「周王傳」）中選取題材而寫成。這首組詩融合了傳說、神話、寓言、史實，可以說充滿了「魔幻」色彩。例如〈讀山海經十三首〉其十：

> 精衛銜微木，將以填滄海。
> 形夭無千歲，[一] 猛志故常在。
> 同物既無慮，[二] 化去不復悔。[三]
> 徒設在昔心，良晨詎可待？[四]

注釋

[一] 本句有異文，「形夭無千歲」也可以讀「形天舞干戚」。形夭：又作「形天」、「刑天」，《山海經》中的神話人物，因和天帝爭權，失敗後被砍去了頭顱，埋在常羊山；他不甘屈服，以兩乳為目，以肚臍作嘴，堅持揮舞着盾牌和板斧。

[二] 同物既無慮：指精衛淹死化為鳥，再死也不過從鳥化為另一種東西，沒有甚麼可以憂慮。

[三] 化去不復悔：刑天已被殺死，化為異物，但他不後悔和天帝爭權。

[四] 詎（粵）：具，（普）：jù：豈。

| 《山海經》中的刑天畫像

　　精衛和首次在本文中文出現的刑天，都代表了一種雖死無悔、猛志常在的精神。一般認為，作者在這首詩作中寄託了面對現實政治，壯志難酬的感慨。不過，換一個角度看，也可以說本詩的主題是所謂："Ars longa, vita brevis"（人生短暫，藝術長存），而且生死都歸屬於自然過程，不可改變，充滿道家思想的色彩。

　　至於詩仙李白（701—762）當然也是喜歡以神話入詩的代表人物之一。試看他的〈上雲樂〉這幾句：

>　陽烏未出谷，顧兔半藏身。
>　女媧戲黃土，團作愚下人。
>　散在六合間，濛濛若沙塵。
>　生死了不盡，誰明此胡是仙真？

　　陽烏、顧兔是分別住在太陽和月亮上的神話動物，在

詩人筆下與女媧一同構成神話的、神仙的世界。這一段詩句除了呼應了前文所述女媧造人的神話之外，更可印證李白對月亮及其相關神話的偏愛。

　　李賀的〈李憑箜篌引〉是另一首引用了女媧神話的詩篇。李賀（790—816），人稱「詩鬼」，因為他擅長寫鬼怪的主題，化用神話故事，並創造富於想像力的意象而得名。〈李憑箜篌引〉是他自編詩集的首篇，也是其詩風的代表作之一。李憑是當時有名的音樂家。不過，李賀的作品已經脫離現實，進入神話、魔術、想像並存的天地：

> 吳絲蜀桐張高秋，一 空山凝雲頹不流。
> 江娥啼竹素女愁，二 李憑中國彈箜篌。三
> 崑山玉碎鳳皇叫，芙蓉泣露香蘭笑。
> 十二門前融冷光，二十三絲動紫皇。四
> 女媧鍊石補天處，石破天驚逗秋雨。
> 夢入神山教神嫗，五 老魚跳波瘦蛟舞。
> 吳質不眠倚桂樹，六 露腳斜飛溼寒兔。

注釋

一　張：調整琴弦。

二　江娥：指堯的兩個女兒娥皇、女英，相傳一起嫁與舜作妻子；後與夫君分別，留在湘江，舜帝則隻身南巡，最終死於蒼梧之野。二妃得知死訊後在竹林中啼泣，灑淚成斑竹，故又名湘妃竹。素女：據《史記‧封禪書》：「太帝使素女鼓五十弦瑟，悲，帝禁不止，故破其瑟為二十五弦。」

三　中國：指國中，即京城。

四　二十三絲：箜篌的弦數。紫皇：道教的最高神之一，即天帝。

五　神嫗：能彈箜篌的仙女。

六　吳質：即吳剛，神話中在月亮砍伐桂樹的樵夫。

　　這首作品屬於古體詩。古詩的體裁較自由，句數無限制。而李賀通過類似意象的巧妙分配，將意思自足的每一句組成完整的作品，尤其是關鍵字、女神、地理和神話的重複疊印，成為不同而交相重疊的意象系統。以其關鍵字系統為例，即詩中一再重複使用「吳絲」、「吳」、「絲」，把讀者引向江南的想像；「秋」、「山」各兩次重複，渲染出特定的時間和空間感。而神話系統，則有娥皇、女英於竹林灑淚成斑的故事、女媧鍊石的傳說以及在詩作中寫進的彈箜篌的仙女。至於有關地理的系統，則有最簡單的單字名詞如「山」、「江」、「天」，以及代表京城的「中國」。另外，更有複雜一些的如「吳」、「蜀」這些專有的中國地理名詞，以及「崑山」，即富有神話色彩的崑崙山。當然，若果撇開女神的界限，再開闊一些，包含所有神話的話，這首詩有關的神話系統就更顯得豐富了，例如江娥、紫皇、女媧、神嫗、吳質、寒兔，在這短短二十八句之中，居然已經使用了六個神話名字，十二個字，頻率可謂相當高，這構成了李詩獨特的魔幻色彩。

小　結

神話一般被視作文學的起源。古代神話的一些特點，與文學作品，尤其小說、詩歌有相通之處，包括：曲折的情節、奇異的幻想、大膽的誇飾、紛繁的想像，而且融入人們的現實生活。以上的這些特點，都讓每一代的讀者對神話入迷，更有不少作家嘗試引用、改寫、重寫歷代的神話，重新挖掘當中深厚的意義。

本章參考書目

奧維德著，呂健忠譯注：《變形記》（*Metamorphoses*）。臺北：書林出版，
　　2008 年。

漢米爾頓著，鄭思寧譯，蔡振興導讀：《希臘羅馬神話故事》。臺北：桂
　　冠圖書，2004 年。

王孝廉：《中國的神話與傳說》。臺北：聯經出版，1977 年。

袁珂：《中國神話傳說》。北京：中國民間文藝出版社，1984 年。

陸思賢：《神話考古》。北京：文物出版社，1995 年。

黃悅：《神話敘事與集體記憶——〈淮南子〉的文化闡釋》。廣州：南方日
　　報出版社，2010 年。

Strassberg, Richard E. *A Chinese Bestiary: Strange Creatures from the Guideways
　　through Mountains and Seas*. Berkeley, Calif.: University of California Press,
　　2002.

專題研習

1. 孟浩然〈他鄉七夕〉:

> 他鄉逢七夕，旅館益羈愁。
>
> 不見穿針婦，空懷故國樓。
>
> 緒風初減熱，新月始臨秋。
>
> 誰忍窺河漢，迢迢問斗牛。

試從神話學的角度去探討這首詩的意義。

2. 現代詩也有不少引用神話的作品，請看以下一位香港詩
   人的作品：

〈山海經〉組詩之五〈文文〉

何福仁

牠有兩條尾巴

走路時忽左忽右

永遠不會走錯

或者本來就沒有

走着走着

也渾忘了

方向

牠還有一根後現代的舌頭

翻弄着別人以及自己的說話

說了甚麼並不重要

牠把說話變成了歌唱

請從引用的神話本身，詮釋作者所要表達的意思。

第七章　男女

古典文學傳統中的女性

在先秦時代，男女的地位不一定如後世那樣高低、尊卑分明。例如相傳為孔子撰作的《易經‧繫辭傳》就說：「乾道成男，坤道成女……一陰一陽之謂道……生生之謂易。」陰陽互補，始終是先秦重要的概念。雖然先秦時代的中華文明跟其他古代文明一樣，最高權力總是在男人之手中，但是在思想層面，還沒有形成嚴格的男尊女卑的概念。至少在文學領域中，一打開《詩經》就能發現各種鮮明靈活的女性形象。

書寫女性的作品是上古文學的重要部分，而且當中的文字片段能反映上古社會的重要轉變。雖然在宋代以前，除了個別的特例（如漢代的班昭，唐詩人薛濤、魚玄機等），具名的女性作家極少，但與此同時，涉及到女性的心理感受和日常生活的文學作品相當多。從商周到秦漢，女性的社會地位發生了巨大的變化，例如唐代孔穎達的《周易正義》所言：「欲明坤道處卑，待唱乃和，故歷言此三事，皆卑應於尊，下順於上也。」可見，漢朝以來的社會言論，開始將女性，或者說妻子，放在與臣子、兒子一樣的位

置，位居下方，認為女性僅能順從上位者，即男性。正如劉建波博士所說：「在我國春秋戰國時期，陰陽相輔相成、調和互補的觀念就已經形成，到漢代，正統的儒家又賦予陰陽的概念以雙重性格——既具有對立統一的辯證法，又宣揚男尊女卑的道德屬性，這使得中國古代長期的兩性關係在男尊女卑的大背景下又相對和諧穩定。」[1]

女性形象在古典文學中經歷了三個不同的塑造階段。首先，《詩經》中的作品是以女性作為發言者（speaker）的。之後，女性在中古文學中成為美好的象徵，在宮體詩等作品裏，就是以美物的方式出現了。最後，在宋朝以後，我們再次看到不少女性作者的文學作品。

以女性為發言者（《詩經》）

二十世紀初，法國漢學家葛蘭言（Marcel Granet, 1884—1940）寫了《古代中國的節慶與歌謠》（*Fêtes et chansons anciennes de la Chine*, 1919）與《中國的舞蹈與傳說》（*Danses et légendes de la Chine ancienne*, 1926），認為《詩經》中的作品能反映古代人民的風俗傳說，屬於口頭傳統。但今天很多學者認為很多歌詩涉及到一些具體歷史事件和人

1　劉建波：《影壁後的她們——女性主義視角下的先秦兩漢文學作品中的女性形象研究》（濟南：山東大學出版社，2011年），頁13。

物，當中包括貴族以及各式各樣的男女，不能一概而論。實際上，《詩經》描寫了各個社會角色的女性，如王后、貴族、棄婦、情人、工人等等。很多作品以女性的口吻敍述，發言者為女性。不過關於創作的過程，只能猜測，很難斷言創作者的性別，關鍵是，這些作品確實反映了當時女性的實際經驗。例如下面這首〈邶風·泉水〉，寫一位年輕女子出嫁時候的反思，懷念家鄉、家人，憐惜自己的處境：

毖彼泉水，^一 亦流于淇。^二
有懷于衛，靡日不思。^三
孌彼諸姬，^四 聊與之謀。^五

出宿于泲，^六 飲餞于禰。^七
女子有行，^八 遠父母兄弟，
問我諸姑，^九 遂及伯姊。^十

出宿于干，^{十一} 飲餞于言。^{十二}
載脂載舝，^{十三} 還車言邁。^{十四}
遄臻于衛，^{十五} 不瑕有害？^{十六}

我思肥泉，^{十七} 茲之永嘆。^{十八}
思須與漕，^{十九} 我心悠悠。
駕言出遊，^{二十} 以寫我憂。^{二十一}

注釋

一　毖（粵：秘，普：bì）：水湧流的樣子。泉水，衛國水名，即末章「肥泉」。

二　于：介詞，表示在於；此詩所用「于」字都接上地名或水名。淇：水名，流經衛國。

三　靡：無。靡日，無日：沒有一天。

四　孌（粵：聯，普：luán）：美好貌。姬，衛國國君的姓氏，此詩作者蓋為衛王之女（或借衛女之口吻），也姓姬。這裏諸姬與作者同姓，猶言我娘家的人。

五　聊：姑且。謀：商量。

六　出：指當初出嫁。宿：住宿。泲（粵：制，普：jǐ）：一說古地名；在春秋時衛國境內。一說即濟水，此字異文正正作「濟」，兩字通假。

七　餞：餞行。禰，古地名，在衛國近郊。

八　行：出嫁。

九　問：問候，這裏是告別的意思。姑：父母的姊妹。

十　伯姊：即大姐。

十一　干：古地名，在今河南省清豐縣西南。

十二　言：古地名，約在今河南許昌與淇縣之間。

十三　載：語氣詞；「載⋯⋯載⋯⋯」，如「式⋯⋯式⋯⋯」、「且⋯⋯且⋯⋯」、「將⋯⋯將⋯⋯」，都是「既⋯⋯又⋯⋯」之義。脂，油脂。此處作動詞，用油膏塗車軸。舝（粵：轄，普：xiá）：車轄。古代為固定車輪而插在車軸兩端的鍵。這裏也用作動詞。

十四　還：掉轉過來。言：語助詞。邁，行。

十五　遄（粵：喘，普：chuán）：快速。臻：至。

十六　瑕：通「胡」，即何，全句即「這沒有甚麼害處吧？」一說語氣詞。

十七　肥泉：地名。殷朝首都朝歌的附近。

十八　茲：通「滋」，即益發。永嘆：長嘆。

十九　須、漕：衛國地名。

二十　駕：駕車。言：語助詞。

二十一　寫：通「瀉」，宣洩。

　　　此詩寫衛國國君之女遠嫁他國，思念衛國而不得歸，從詩中地名方位來看，遠嫁之地很可能是齊國。也有專家

覺得是邢國，不過，齊衛世為婚姻，齊桓公的母親和兩個寵姬皆衛女。由此看來，齊國比邢國更有可能。從這首詩可以看出古時候的地理風貌、出嫁女子的心理鋪陳，以及出嫁的禮俗。

最使人吃驚的是全詩都以女子自己的口吻書寫。「有懷于衛，靡日不思」、「駕言出遊，以寫我憂」等等都是第一人稱。同時，詩歌所利用的技巧是典型的《詩經》技巧，比如「毖彼泉水，亦流于淇」可說是「興」意象，當然說只是一種套語也無不可，完全符合《詩經》的傳統詩學；但同時，我們也可以看成女子心理的象徵反映：她離開衛國家鄉，旅程好像跟「流水」般急促，使她反思時間無常，人生若寄。

《詩經》另一首有關女性的作品可舉〈邶風·柏舟〉為例：

汎彼柏舟，[一] 亦汎其流。
耿耿不寐，[二] 如有隱憂。
微我無酒，[三] 以敖以遊。[四]

我心匪鑒，[五] 不可以茹。[六]
亦有兄弟，不可以據。[七]
薄言往愬，[八] 逢彼之怒。

我心匪石，不可轉也。
我心匪席，不可捲也。[九]
威儀棣棣，[十] 不可選也。[十一]

憂心悄悄，[十二] 慍于群小。[十三]
覯閔既多，[十四] 受侮不少。
靜言思之，[十五] 寤辟有摽。[十六]

日居月諸，[十七] 胡迭而微？[十八]
心之憂矣，如匪澣衣。[十九]
靜言思之，不能奮飛。[二十]

注釋

[一] 汎：漂流、漂浮。柏舟：柏樹所製之舟。

[二] 耿耿：憂慮不安。

[三] 微：非。

[四] 敖：同「遨」，遊玩。

[五] 匪：同「非」。鑒：鏡子。

[六] 茹：一說容納。一說猜想。

[七] 據：依靠。

[八] 薄：語助詞，有前往的意思。愬（粵：素，普：sù）：訴說。

[九] 以上四句：《毛傳》：「石雖堅，尚可轉。席雖平，尚可捲。」鄭玄《毛詩箋》：「言己心志堅平，過於石、席。」

[十] 威儀：莊重肅穆的儀容。棣棣：雍容嫻雅。

[十一] 選：計算。

[十二] 悄悄：憂貌。

[十三] 慍：怒，怨恨。

[十四] 覯（粵：詬，普：gòu）：即「遘」，遇上。閔：痛苦。

十五 靜：仔細。靜言猶「靜焉」。

十六 寤：睡醒。辟：通「擗」（粵：闢，普：pǐ），撫膺。摽（粵：飄，普：biào）：形容拍胸的動作。

十七 居、諸，語助詞。日居月諸：周代常用成語，與「日就月將」同，形容日月流轉。

十八 胡：為何。迭：更迭。微：昏暗不明。

十九 匪：是「彼」字的假借。澣（粵：皖，普：huàn）：即「浣」，洗濯的意思。這兩句是說我的心情如在岸邊洗衣服一樣，中心如搗。一說匪，非也，謂心混亂如未經洗濯、骯髒的衣服。

二十 不能奮飛：不能如鳥奮翼飛去。

　　《詩經》中有兩首題為〈柏舟〉的詩，另外一首在〈鄘風〉中。關於這首〈邶風・柏舟〉的作者身份，漢朝就有兩種說法，《魯詩》說：「貞女不二心以數變，故有匪石之詩。」《毛詩》則言：「言仁而不遇也。」《毛詩》認為是士大夫不平之鳴，所謂仁人不遇的怨憤之作。《魯詩》以為詩人是女子，因失寵於丈夫，憂傷不已而寫此詩，宋代的朱熹跟從此說。在詩作主旨之外，值得留意的就是詩人在此處使用了大量的「反喻」。「反喻」，相當於明喻的文學技巧，因為說「X 非 Y」我們自然會想到 X 和 Y 之間相同的地方（如果一點都不像，何必說「X 非 Y」？）。在〈柏舟〉中，這種否定格使用得很多，例如「我心匪鑒」、「我心匪石」、「我心匪席」，都表現了詩中主人公的混亂心態。

　　以上討論了兩首描寫女性心理的作品，下面的〈鄭風・女曰雞鳴〉則以男、女對話來展開詩作：

女曰「雞鳴。」士曰「昧旦。一」

「子興視夜，二明星有爛。三」

「將翱將翔，四弋鳧與鴈。五」

「弋言加之，六與子宜之。七

宜言飲酒，與子偕老。」

琴瑟在御，八莫不靜好。

「知子之來之，九雜佩以贈之。十

知子之順之，十一雜佩以問之。十二

知子之好之，十三雜佩以報之。」

注釋

一　昧旦：天將明未明之時。按語境，昧旦當在雞鳴之前，否則妻子叫他
　　起床時，丈夫不會用來回應。

二　興：起。此處指睡醒起來。視夜：看着夜色。

三　明星：指啟明星，即金星。爛：明亮。

四　翱翔：指下句的鳧與雁，展翅迴旋地飛。古代連綿詞，詩中多可拆用，
　　如「將翱將翔」、「以敖（遨）以遊」、「猗與那與」等等。

五　弋（粵：亦，普：yì）：用帶絲繩的箭來射，方便回收獵物。鳧（粵：
　　符，普：fú）：野鴨。

六　言：語助詞，下同。加：射中目標。

七　宜：做成菜肴。

八　御：演奏。

九　來：殷勤。

十　雜佩：古人身上佩戴的飾物。

十一　順：和順。

十二　問：贈送。

十三　好：相愛。

這是一首新婚男女以對話展開的詩篇，體現了早期文學作品常用「對話」形式的特點。作品通過詳細描寫新婚生活，讓讀者感受男女之間那份溫馨的感情。男女對話給女性人物一種發言的機會，而從詩中所言的琴瑟等當時屬於貴重樂器的物品來看，詩中的女性應是貴族，不會是普通老百姓，否則丈夫又怎可以賴床不起來幹活呢？

從上面這些詩篇，可以看見《詩經》涉及到政治和社會大事的篇章不少，但因為通過女性的口吻書寫，可以從有別於男性的視角，觀察、描繪整個社會的各個面貌，達到更全面、完整的描述。

性別與宗教

古典文學中更普遍的是男人描寫女性的作品。《詩經》以後，產生於中國南方的《楚辭》同樣瀰漫女性的身影，甚至有過之而無不及。以〈九歌〉為例，它包含政治、神話、宗教、巫術、浪漫文學及楚國風俗的成分，同時也涉及到男女戀愛的主題，而這些又與神話宗教的成分不能分開，而神話宗教又來源自當時興盛的巫教。在巫教（今稱薩滿教 shamanism）信仰下，巫師是專門為人們治病、斷吉凶、解疑的人，身份尊貴。同時，他們會從事招魂儀式，也可以扮神、降神、與神會面對話、使靈魂逍遙於宇宙。對信奉巫教的人而言，巫是人和神之間的媒介，可以扮神，也

可以讓神下來會面。巫也可以作為男女性之間的媒介。朱熹解釋〈九歌〉說：「楚俗祠祭之歌，今不可得而聞矣。然計其間，或以陰巫下陽神，或以陽主接陰鬼，則其辭之褻慢淫荒，當有不可道者。」(《楚辭辯證》) 在〈九歌・雲中君〉中，我們就可以找到以上的例證：

> 浴蘭湯兮沐芳，[一] 華采衣兮若英。[二]
> 靈連蜷兮既留，[三] 爛昭昭兮未央。
> 蹇將憺兮壽宮，[四] 與日月兮齊光。
> 龍駕兮帝服，聊翱遊兮周章。
> 靈皇皇兮既降，[五] 猋遠舉兮雲中。[六]
> 覽冀州兮有餘，橫四海兮焉窮。
> 思夫君兮太息，極勞心兮忡忡。[七]

注釋

一　蘭：澤蘭，英文 eupatory，學名 *Eupatorium japonicum*。樹根性植物，夏、秋二季莖葉茂盛，冬天地上部分枯萎，到春天再次冒芽生長。莖葉有香氣，佩在身上可辟邪。《詩經》、《楚辭》以至中唐以前文學所提到的「蘭」，基本都是澤蘭類。浴蘭湯：以澤蘭煮水湯沐。

二　若：杜若，鴨跖草類植物，夏季開白色花，即「若英」。

三　靈：可指神靈，也可指巫。這裏應該指雲中君，但也不能排除指扮演神靈的巫。連蜷：連綿詞，變動屈曲之貌。

四　蹇：楚方言，發語詞。憺 (粵：淡，普：dàn)：安然。

五　皇皇：同「煌煌」，燦爛貌。降：指雲中君降臨人間。

六　猋 (粵：標，普：biāo)：同「飆」，疾速。舉：高飛。

七　忡忡 (粵：沖，普：chōng)：同「忡忡」，憂慮不安。

｜ 雲中君（雲神）畫像

〈九歌・雲中君〉是祭祀雲神的歌舞辭，包括了人與神
的唱詞。這裏沒有明確的主語，所以篇章的對話結構可以
看成兩種讀法的排列，第一種是：

雲中君：

浴蘭湯兮沐芳，華采衣兮若英。

靈連蜷兮既留，爛昭昭兮未央。

蹇將憺兮壽宮，與日月兮齊光。

龍駕兮帝服，聊翱遊兮周章。

女巫：

靈皇皇兮既降，猋遠舉兮雲中。

覽冀州兮有餘，橫四海兮焉窮。

思夫君兮太息，極勞心兮忡忡。

　　在這種讀法中作為女性代表的女巫角色，主要是吟唱最後三句，配合雲中君降臨人間的場面。至於另一種則比較複雜：

巫：

浴蘭湯兮沐芳，華采衣兮若英。

靈連蜷兮既留，爛昭昭兮未央。

君：

蹇將憺兮壽宮，與日月兮齊光。

龍駕兮帝服，聊翱遊兮周章。

巫：

靈皇皇兮既降，猋遠舉兮雲中。

君：

覽冀州兮有餘，橫四海兮焉窮。

巫：

思夫君兮太息，極勞心兮忡忡。

　　這種唱和的結構，則更有現場與立體感。歌辭開首描繪了用香湯洗浴身體、穿上花團錦簇的衣服，既可指迎接

神的女巫，也可以指雲中君的形象。無論如何，這首詩將兩性之間的關係作為宗教超越的象徵，其中女方起了不可或缺的作用。

女性作為美的象徵（中古文學）

《詩經》和《楚辭》的內容主要來自先秦。漢朝社會風俗儒家化，比如漢代成書的儒家經典《禮記‧內則》就說：「禮，始於謹夫婦。為宮室，辨外內，男子居外，女子居內。深宮固門，閽寺守之。男不入，女不出。」漢朝以來，女性開始受到新的束縛，社會地位開始下降，文學傳統也受到影響。在這種新的皇朝文化背景之下，屈騷傳統就更有用，可以提供「香草美人」的寄託方法，還有「女神」和「神遊」等神話書寫的渠道，讓作家利用女性題材表達各種符合政治或個人需要的內涵。曹植的〈洛神賦〉就是一個著名的例子：以奠基於《楚辭》的辭賦文類來描寫個人一己憂憤的心情。曹植（192—232）是魏武帝曹操最有才能的兒子，曹操本想立為太子，但因為他「任性而行，不自彫勵，飲酒不節」（《三國志》本傳），最後立其兄曹丕為太子。公元 220 年，曹丕當上皇帝後，因猜忌曹植，殺死他的朋友丁儀和丁廙（又作丁翼）兄弟，不允許曹植和其他王子來往。在〈洛神賦〉的序中，曹植寫道：「黃初三年（222），余朝京師，還濟洛川。古人有言，斯水之神，

名曰宓妃。感宋玉對楚王神女之事，遂作斯賦。」不過，一般對這篇作品的主旨，歷來有兩種詮釋，一是說曹植愛上曹丕夫人甄后，寫〈洛神賦〉抒發失戀之情；一是曹植希望曹丕重用他，寫此賦以表達他的政治不滿。

　　值得留意的是，曹植本人說：「感宋玉對楚王神女之事」，證明在三國時代，神女文學傳統已經很成熟。有屈原〈離騷〉、〈九歌〉中的神女論述，還有宋玉〈神女賦〉、〈高唐賦〉等。而建安時代也有很多作家模仿宋玉寫〈神女賦〉的新版。這種氛圍造就了曹植在〈洛神賦〉中創造的對話。當他見到洛神的時候，用第一人稱的口吻說：「精移神駭，忽焉思散。俯則未察，仰以殊觀。覩一麗人，于巖之畔。」看到山崖旁邊的女子，立即就心蕩神馳，思緒都飄到遠方去了。然後他與御者的對話就展開了。透過御者的提問，讓敘事者有機會鋪陳細節、模擬宓妃的美態：

　　　　迺援御者而告之曰：一「爾有覿於彼者乎？二彼何人斯？若此之豔也？」

　　　　御者對曰：「臣聞河洛之神，名曰宓妃。然則君王所見，無迺是乎？其狀若何？臣願聞之。」

　　　　余告之曰：「其形也，翩若驚鴻，婉若游龍。榮曜秋菊，三華茂春松。四髣髴兮若輕雲之蔽月，飄颻兮若流風之迴雪。遠而望之，皎若太陽升朝霞；迫而察之，灼若芙蕖出淥波。五」

注釋

一　迺：同乃，音義同。

二　覿　（粵）：敵，（普）：dí）：看見。

三　榮：豐盛。曜：照耀。

四　華：華美。

五　芙蕖：一作芙蓉，即荷花。淥　（粵）：六，（普）：lù）：水清貌。

　　這種對細節的大量刻畫，正是「賦」的特色之一，曹植緊接着更添上了大量對美人容飾細緻入微的觀察：

　　　　「雲髻峩峩，脩眉聯娟。一

　　　　丹脣外朗，皓齒內鮮。二

　　　　明眸善睞，三靨輔承權。四

　　　　瓖姿艷逸，五儀靜體閑。

　　　　柔情綽態，媚於語言。

　　　　奇服曠世，骨像應圖。六

　　　　披羅衣之璀粲兮，珥瑤碧之華琚。七

　　　　戴金翠之首飾，綴明珠以耀軀。」

注釋

一　聯娟：微曲貌。峩峩、聯娟都為連綿詞，用以描寫事物的具體狀態。漢魏晉的辭賦用得特別多，可以視為賦體的文類特徵之一。

二　鮮：光潔。

三　睞　（粵）：來，（普）：lài）：顧盼。

四　靨輔：酒窩。權：顴骨。

五　瓖：同「瑰」，美妙。

六　骨像：骨格形貌。應圖：指與畫中人一樣。

七　珥：本指珠玉耳飾。此處作動詞，即佩戴。華琚：刻有花紋的佩玉。

這種描寫非常細膩，每一句都有很清晰的物質意義。
可參看康達維（David R. Knechtges）師的英譯：[2]

> Billowy chignons rise high and tall,
>
> Long eyebrows are delicately curved,
>
> Scarlet lips shine without,
>
> White teeth gleam within.
>
> Bright eyes do well at casting sidelong glances,
>
> Dimples lie on either cheek.
>
> Her wondrous manner is of uncommon beauty;
>
> Her comportment is quiet, her body relaxed.
>
> With tender feeling and graceful bearing,
>
> She enthralls with her lovely words.
>
> Her wondrous attire is unsurpassed in the world;
>
> Her figure and form accord with the paintings.
>
> She drapes herself in the shimmering glitter of a
> gossamer gown,
>
> Wears in her ears ornate gems of carnelian and jade,
>
> Bedecks her hair with head ornaments of gold and

2　David R. Knechtges, *Wen xuan, or Selections of Refined Literature, vol. 3: Rhapsodies on Natural Phenomena, Birds and Animals, Aspirations and Feelings, Sorrowful Laments, Literature, Music, and Passions* (Princeton: Princeton University Press, 1996), p. 365.

halcyon plumes,

    Adorns herself with shining pearls that illumine her body.

康老師是研究辭賦的大家，他翻譯這幾句特別注意到每一個字的涵義，如開頭兩句描寫神女的頭髮和眉毛，不是單單說「美」而是描繪了具體的形象，將眉毛「聯娟」巧妙地譯成 "delicately curved"。這種連綿詞特別難懂，很多已經從漢語詞彙中消失了，而且至少會有兩三個相關的意思。翻譯詩賦的時候，基本上每個字都要翻譯出來，比如「柔情綽態」對列情感和姿態，與此同時「柔」和「綽」（後者和「弱」意思相近）都適合形容「情」和「態」，可以算互文見義。這句譯成 "With tender feeling and graceful bearing"，在英語中也有一種均勻平衡的效果，因為四個實詞都是雙音節的，而且 feeling 和 bearing 都是聲音相似的名詞。

之後曹植寫到洛神出遊的動態。如此迷人的女神，周邊的環境自然也成為洛神的陪襯：

    「……動無常則，若危若安。

    進止難期，若往若還。

    轉眄流精，光潤玉顏。

    含辭未吐，氣若幽蘭。

    華容婀娜，令我忘飡。

於是屏翳收風，¯川后靜波。²
馮夷鳴鼓，³女媧清歌。⁴
騰文魚以警乘，⁵鳴玉鸞以偕逝。
六龍儼其齊首，⁶載雲車之容裔。⁷
鯨鯢踊而夾轂，⁸水禽翔而為衞。」

注釋

一　屏翳：風神。
二　川后：水神。
三　馮夷：河伯，黃河之神。
四　女媧清歌：傳說女媧是笙的發明者，這裏指女媧吹笙。
五　文魚：《山海經》記載的奇魚，傳說夜晚能飛。警，警戒。
六　儼：矜持莊重貌。齊首：指六龍齊頭並進。
七　容裔：同「容與」，連綿詞，舒緩貌。
八　鯢（粵：霓，普：ní）：即鯨魚。雄曰鯨，雌曰鯢。轂：指車。
九　衞：護衞，與上句「夾轂」義近。

　　到最後，洛神終於開口說話：

　　「於是越北沚，¯過南岡，紆素領，²迴清
陽。³
　　動朱脣以徐言，陳交接之大綱：⁴
　　『恨人神之道殊兮，怨盛年之莫當。⁵
　　抗羅袂以掩涕兮，⁶淚流襟之浪浪。⁷
　　悼良會之永絕兮，哀一逝而異鄉。
　　無微情以效愛兮，⁸獻江南之明璫。

雖潛處於太陰，長寄心於君王。』

忽不悟其所舍，[九]悵神宵而蔽光。」[十]

注釋

[一] 沚：水中小塊陸地。

[二] 紆（粵：于，普：yū）：屈曲。素領：白皙的頸項。

[三] 清陽：指洛神清秀的眉目。以上兩句指宓妃轉身回眸。

[四] 交接：結交往來。也可解釋有性暗示的含義。

[五] 當：相值，遇上。本句指怨恨自己年華美好時彼此未能遇上。

[六] 抗：舉。袂（粵：謎，普：mèi）：袖。

[七] 浪浪：水流不斷貌。

[八] 無：該讀「撫」，同持。效愛：表達愛慕之意。

[九] 不悟：不知。舍：去。

[十] 宵：通「消」，消失。蔽光：隱藏光彩。

　　當然，洛神是曹植創造出來的一種文學形象，一個美好的象徵，但在這種文學策略背後，我們還是還可以從以上的片段瞭解公元三世紀中國婦女的生活狀態。例如雲鬢、長眉、唇紅、白齒、羅衣、黃金、翡翠，都是其時女性時尚美的指標。而洛神曾多次出現在水面上，手持麈尾，衣帶飄飄，則反映了當時婦女郊遊的生活實況以及面貌。

宋朝以後女詩人之再生

　　雖然《詩經》和一些後代的佚名之作的實際作者也有可能為女性，但確切可考的女詩人為數不多，唐朝以前偶

爾也出現了上官婉兒等優秀女詩人，但總體成就仍不能跟
當時的男性詩人相提並論。到了南宋，才有一位不讓鬚眉
的文學天才登上詞壇並領導群雄，她的芳名是李清照。

點絳唇

蹴罷秋千，起來慵整纖纖手。

露濃花瘦，薄汗沾衣透。

見客入來，襪剗金釵溜。^一

和羞走，倚門回首，卻把青梅嗅。

注釋

一　襪剗：只穿着襪子着地，此處化用李煜〈菩薩蠻〉：「剗襪步香階，手
提金縷鞋。」

　　有學者認為這首詞是李清照少年時期的作品，表現她
對愛情的美好憧憬，如有學者這樣介紹：「李清照又畢竟是
個生活於中國封建社會的女性，深厚的中國文化傳統陶冶
了她，塑造了她，當她拋棄了封建傳統強加於女性身上的
卑順之氣的時候，李清照便將典雅的東方女性美提高到一
個新的境界：『蹴罷秋千……』，這是可愛少女俏麗活潑、
羞澀含情的美。」[3]

3　張忠綱、綦維：〈李清照的女性意識〉，載《文史哲》2001 年第 5 期，
　　頁 39。

可惜，這首詞好像不是李清照的作品。一直到明末年，它都被視為無名氏作，甚至蘇軾或者周邦彥之作。[4] 當然，她還有很多存世作品著作權都比較可靠，但對她詞作的存疑也可以給我們啟發：再嚴謹的學術也無法根據文本本身判斷作者的性別。男可以裝女，女也可以裝男，這就是詩歌和文學的一種權力。

雖然文學史如此，但到了清朝，相對而言出現了不少更坦率的女性詩作。比如十九世紀有一位浙江女詩人謝香塘（1800—1870），礬山莧頭庵（今屬浙江省蒼南縣）人，出身書香門第，做學問很踏實，遺文見其《紅餘詩詞稿》。結婚後，丈夫金洛先抽鴉片，將財產花光了，未過三十歲便去世。在這之後，謝香塘堅持作守節寡婦，表面上很符合傳統儒家的要求。不過，從她的詩作卻能看出她心裏有一些被人壓抑的想法，例如以下這首詩：[5]

示兒三十三韻（選段）

我家本儒術，頗流翰墨芳。

長兄年逾壯，拔萃遊帝鄉。

4　Ronald Egan, *The Burden of Female Talent: The Poet Li Qingzhao and Her History in China* (Cambridge, Mass.: Harvard University Asia Center, 2013), 356—58. 中譯本見：〔美〕艾朗諾著，夏麗麗、趙惠俊譯：《才女之累——李清照及其接受史》，上海：上海古籍出版社，2017 年。

5　Yang Binbin., "Disruptive Voices: Three Cases of Outspoken 'Exemplary Women' in Nineteenth-Century China." In *Nan Nü: Men, Women, and Gender in China* 14.2 (2012): 244—45.

次弟弱冠餘，食餼於上庠。

三弟差後起，近亦沾芹香。

而我獨不櫛，頗復知詞章。

自從適汝父，筆研多拋荒。

汝父喜揮霍，家事憪屏當。

輕肥事裘馬，錢刀等秕糠。

千金不為惜，日夜窮歡場。

漸至諑臺築，¯ 遂以胅產償。

我苦進規勸，故轍思更張。

喜心竊自謂，補牢鑒亡羊。

詎謂丁厄運，一疾入膏肓。

行年未三十，下招來巫陽。

吁嗟我命薄，綠鬢稱未亡。

爾時未有汝，寂寂守空房。

……

注釋
¯　諑臺：古臺名。周赧王曾經逼債於此。

　　我們通過這首詩能直接看到女性在傳統儒家社會中所
面對的各種苦楚和壓力。

小 結

　　從《詩經》到《楚辭》，再到中古文學如〈洛神賦〉，有關女性的書寫，由描繪女性的生活現實，到在作品中創作女性的聲音，以至神女形象的出現以及一再引用，可以說是中國文學的一個重要演變。關於「神女論述」，除了對女性的塑造之外，更包含了作者自身的情感投射。這些作品，如果單純以現今的性別研究來分析，當然會引申出對古代男性物化女性、女性自身聲音被淹沒的結論。這些說法誠然有其價值，但看待古人的作品，也需要拋開自身的歷史時空限制，換一個時空，以那個時代的歷史脈絡來審視這些寶貴的作品。如此一來，我們將會看到另一個風景，從這些作家的文字密碼之中，找出文學、文化與歷史的意義在於：「當我們批判這個固有符碼大都為男作家獨享的時候，是否也體會出字裏行間一種非關所有權的『擬女性』的徘徊不安、盤桓不定的書寫風格？」（鄭毓瑜〈美麗的周旋──神女論述與性別演義〉）鄭教授的説法可以引起我們的思考，閲讀某一個時代的文本，不僅是要注意作者的性別，而同樣重要的是瞭解當時男女雙方的預期和想像。除了兩性關係以外，文學建構在「擬女性」和「擬男性」之間。

本章參考書目

鄭毓瑜：《性別與家國——漢晉辭賦的楚騷論述》。臺北：里仁書局，
　　2000 年。

劉建波：《影壁後的她們——女性主義視角下的先秦兩漢文學作品中的女
　　性形象研究》。濟南：山東大學出版社，2011 年。

〔法〕葛蘭言著，趙丙祥、張宏明譯：《古代中國的節慶與歌謠》。桂林：
　　廣西師範大學出版社，2005 年。

趙幼文校注：《曹植集校注》。北京：人民文學出版社，1998 年。

吳宏一：《溫庭筠〈菩薩蠻〉詞研究》。臺北：清華大學出版社，2009 年。

Yang Binbin. "Disruptive Voices: Three Cases of Outspoken 'Exemplary
　　Women' in Nineteenth-Century China." In *Nan Nü: Men, Women, and Gen-
　　der in China* 14.2 (2012): 222—61.

Egan, Ronald. *The Burden of Female Talent: The Poet Li Qingzhao and Her History
　　in China.* Cambridge, Mass.: Harvard University Asia Center, 2013. 中譯本
　　見：〔美〕艾朗諾著，夏麗麗、趙惠俊譯：《才女之累——李清照及其
　　接受史》。上海：上海古籍出版社，2017 年。

專題研習

1. 《詩經》有很多關於棄婦的詩篇，有人認為〈小雅·谷風〉
　　就是一個例子：

　　　　習習谷風，維風及雨。將恐將懼，維予與
　　女。將安將樂，女轉棄予。
　　　　習習谷風，維風及頹。將恐將懼，寘予于
　　懷。將安將樂，棄予如遺。
　　　　習習谷風，維山崔嵬。無草不死，無木不
　　萎。忘我大德，思我小怨。

你同意這一首詩作是棄婦詩嗎？請從敍述者的角度加以分析。

2. 清代詞學批評家張惠言認為詞可以傳達「賢人君子幽約怨悱，不能自言之情」，並為描寫女性的詞一概加上載道言志、道德倫理的解說。例如他把溫庭筠描寫美女的〈菩薩蠻〉，解作「此感士不遇也」，像屈原的〈離騷〉，感嘆才士沒有人欣賞和任用。請結合溫庭筠的〈菩薩蠻〉文本，具體分析張氏的論據是否恰當。

　　小山重疊金明滅，鬢雲欲度香顋雪。懶起畫蛾眉，弄妝梳洗遲。

　　照花前後鏡，花面交相映。新帖繡羅襦，雙雙金鷓鴣。

第八章

道家

　　道家是哲學和智慧的寶庫，是中國特有的偉大思想傳統。而道家思想的一個特點是常以文學形式來闡釋哲理。《莊子》第一篇〈逍遙遊〉列出各種有趣的寓言和角色，如化為鵬鳥而飛越千里的北冥之魚，這些內容都用來說明以下的道理：

> 　　夫列子御風而行，泠然善也，旬有五日而後反。彼於致福者，未數數然也。此雖免乎行，猶有所待者也。若夫乘天地之正，而御六氣之辯，以遊無窮者，彼且惡乎待哉！故曰，至人無己，神人無功，聖人無名。

　　列子是乘風遊行的仙人，他一起飛，十五天後才返回，始終沒有急迫的樣子（數數然）。不過，連他也要待風而後行，沒有達到絕對自由。如果可以直接憑藉天地之氣、六氣的根本，才可以遊於「無窮」本身，成為「至人」、「神人」、「聖人」。這段的哲學色彩當然很濃厚，其哲學含意可以討論半天；但它還提到人類如何可以成為神，可以成為聖人，所以其意義也不能跟宗教分開，因此它對後代

的道教信仰也會產生一定的影響。最後，此文的文學色彩也不該忽視：它用強烈的對比和反覆技巧說明道理，還有幾個很特殊的詞彙，如「數數然」這個重疊連綿辭以描寫仙人的狀貌。因此，這段正好可以引入今天的主題：道家、道教與文學的關係。

　　道家，是中國傳統文化一個重要的哲學流派；道教，則是中國的一個傳統的宗教。兩者之間，關係密切，有時難分。道家，起源於春秋戰國時期《老子》、《莊子》這兩本書，有一個完整的思想體系，簡而言之，可分成：宇宙論、道德論與政治論。宇宙論方面，道家認為世間一切都是「道」所控制的。「人法地，地法天，天法道，道法自然。」萬物都隨着自然（spontaneity，並非我們現在常說的大自然），即自然而然成長。在道德論方面，老莊主張依照「道」可以養自己的「德」，延長壽命，避開危險。不得干擾他人的天生傾向，即所謂「上善若水」，因為水可以滋潤萬物而不與它們競爭。至於政治上，道家最著名的說法就是「無為而治」；「道常無為而無不為，侯王若能守之，萬物將自化。」而所謂「無為而治」，並非甚麼事都不幹，而是不強行而為。反觀道教，其主要宗旨乃追求長生不死，期盼得道成仙。當然，道家與道教，除了名稱相近，還確實有內在的關聯。首先《老子》、《莊子》、《列子》、《淮南子》等諸子書構成道教的哲學根基，而老子則被神化為道教的神明之一，即太上老君。而二十世紀西方學者（尤其是法國漢學家）注重道家和道教的關聯，將兩者統一看成

Daoism。

　　對現代講求學術分工的學者而言，道家、道教與詩歌三者應當截然劃分，視之為不同領域（分別屬於哲學、宗教學和文學），可說涇渭分明。不過，這樣的看法是不對的！其實，在古代這三者一直都有很密切的關係。正如孫昌武先生所說：「在中國文學的歷史上，如果沒有直接或間接的宗教信仰和宗教觀念等方面的表現，沒有佛、道二教提供的眾多題材、人物、典故、語言等等，沒有宗教的幻想、懸想的思維形式和表現方法，將會失去多少有價值或有趣味的內容？」[1]

　　而從相反的角度看，道家與道教文獻包含了多少文學色彩，如生動的敍事、有趣的比喻、繁密的歌律等等。早在東漢道經《太平經》中，就有一些宣揚修身養性的「七言歌謠」。如該書卷三十八所載〈師策文〉就是一例，全用七字句式，其中有：「治百萬人仙可待，善治病者勿欺紿。樂莫樂乎長安市，使人壽若西王母，比若四時周反始，九十字策傳方士。」可視為七言詩的雛形。而與《太平經》同一時期成書的《周易參同契》中則有一些四言詩與五言詩的句式出現。魏晉時代更有一些煉丹詩，例如《黃庭內景經》與《黃庭外景經》以人體五臟六腑作為意象聯結，例如以「重堂」指代喉嚨、以「靈臺」為心臟等等，用以暗示煉丹方法。此

1　孫昌武：《道教與唐代文學》（北京：人民文學出版社，2001年），頁2。
　　孫先生是當代研究宗教與文學的大師，以下很多內容受到他的啟發。

外，當時還出現一些「咒語詩」，例如《太上洞淵神咒經》卷十二所載〈三天真王說消除瘟疫星宿變度神咒〉，就描述了五帝及天兵天將砍殺妖精的畫面。當然這些作品，藝術質量不高，但也體現了當時道教與文學的融合。

下文將嘗試以《莊子》和李白詩作為基本對象，試圖更進一步介紹道家、道教與詩歌這三個範疇之間的深層連繫。

道家與文學：以《莊子》為例

《莊子》其實很重視「美」的概念。只是，道家的美，或許跟我們當代人或儒家的傳統概念，都有一定的差別。尤其是，道家以自然美為主，《莊子》認為純樸、合乎自然等概念都比「美」還重要。如《莊子‧天地》的這句：「百年之木，破為犧尊，青黃而文之，其斷在溝中。比犧尊於溝中之斷，則美惡有間矣，其於失性一也。」陳引馳教授就認為《莊子》美學的本源就是「樸」或「純」：

> 「百年之木」即「未殘」之「樸」，一旦斬斷，或者做成祭祀酒器，或者拋擲溝壑，一則青黃文飾，一則殘傷痕跡猶在，在世間看來是有「美」、「惡」之不同，而《莊子》則以為皆是失性不可取……值得注意，《莊子》並非一概否定「文」、「美」，它亦承認「文」、「美」

之實存，只是這種「文」、「美」當是根源自本源的「文」、「美」，有違本性的「文」、「美」是要反對的。[2]

所以這並不是說道家沒有或者不重視美學。《莊子》認為真正的美必須符合一些條件。陳教授分析〈則陽〉篇和〈天運〉篇中的美學思想：

> 〈則陽〉：「生而美者，人與之鑑，不告則不知其美於人也。若知之，若不知之，若聞之，若不聞之，其可喜也終無已，人之好之亦無已，性也。」可見「美」是確然存在的，只有立根於「性」中，才被《莊子》肯定，否則違性效矉乃可嗤，〈天運〉：「西施病心而矉其里，其里之醜人見而美之，歸亦捧心而矉其里。其里之富人見之，堅閉門而不出；貧人見之，挈妻子而去之走。彼知矉美而不知矉之所以美。」可說「美」在西施之所以「美」處，而「里之醜人」違自性而效之，「醜」上加「醜」。反之，能自安其「性」，亦是一種可取⋯⋯概言之，即「不以美害生」（〈盜跖〉）。

2　陳引馳：《莊學文藝觀研究》（臺北：文史哲出版社，1994年），頁 73—74。

　　其實，《莊子》的文章風格也可以證實他的道理。作為文學作品，《莊子》的風格就是自由自發的，沒有多餘雕飾。只是，我們將《莊子》的文章稱為「散文」不完全合理，因為還表現出詩歌的很多特色。它本身就是一種不違本性的美文。

　　《莊子》除了蘊含深厚的哲學思想，更有非常高的文學美感，例如下列的一些元素：

1. 韻律
2. 虛構對話
3. 生動敍事
4. 比喻
5. 摹狀修辭
6. 鮮明人物

　　現代小說擁有以上全部六項元素可能不是甚麼困難的事，但如果和其他先秦文獻比較，就會發現，《莊子》是極少數能夠擁有這麼多文學質地的作品，可以說是非常難得：

	韻律	虛構對話	生動敍事	比喻	摹狀修辭	鮮明人物
《詩經》	有		偶有	有	有	
《楚辭》	有	有	偶有	有	有	偶有
《論語》《孟子》《荀子》		有	偶有	有		偶有
《周易》	偶有			有		
《左傳》《國語》			有		偶有	有
《老子》	偶有			有	偶有	
《莊子》	偶有	有	有	有	有	有

下文將以〈應帝王〉篇為例，說明《莊子》如何活用文學技巧表達哲學思想。〈應帝王〉的內容比較嚴肅，圍繞一些政治問題進行論述，其內容離當時戰國時代的一些熱門話題不遠，大部分是孟子、荀子等諸子都同樣關注的問題。最不同的地方其實不在於莊子所關心的問題，也不在於他所提出的觀點，而在於他的論述方法。比如第二章：

> 肩吾見狂接輿。狂接輿曰：「日中始何以語女？」
>
> 肩吾曰：「告我君人者以己出經式義度，人孰敢不聽而化諸！」
>
> 狂接輿曰：「是欺德也；其於治天下也，猶涉海鑿河，而使蚉負山也。夫聖人之治也，治外乎？正而後行，確乎能其事者而已矣。且鳥高飛以避矰弋之害，鼷鼠深穴乎神丘之下以避熏鑿之患，而曾二蟲之無如！」

第一，參與對話的人物顯然都是虛構的人物。狂接輿是有名的狂人，是在《論語·微子》中孔子路過的狂人。「日中始」是特別奇怪的姓名，也是杜撰的名字，而不是無意的詞。他代表一種很積極的政治立場：「以己出經式義度」，認為聖人可以創作出新的倫理系統和法規制度以統治眾人，「日中始」的意思大概相當於「本日重新開始」。

莊子並不贊成這個人的政策，而借狂接輿的口吻反

駁。正因為莊子的思想不是積極的（他對具體的政治制度沒有興趣），才用一些諷刺和反諷的說法表達他的思想。第一，他用很精彩的明喻說明他的觀點。用日中始所說的方法統治天下，「猶涉海鑿河，而使蚉（即蚊）負山也」，完全不可能。第二，他用反問，如「夫聖人之治也，治外乎？」他的意思當然是，聖人統治天下，一定得從「治內」，即提煉自己的內在潛能開始。所以日中始這樣的人連飛鳥和老鼠等能「保身自全」的動物也不如。

　　第三，莊子的文風具有各種文學美，比如「對仗」。同篇第三章描寫可以令莊子肯定的政治理想：

　　　　天根遊於殷陽，至蓼水之上，適遭無名人而問焉，曰：「請問為天下。」

　　　　無名人曰：「去！汝鄙人也，何問之不豫也！予方將與造物者為人，厭，則又乘夫莽眇之鳥，以出六極之外，而遊無何有之鄉，以處壙埌之野。汝又何帠以治天下感予之心為？」[一]

　　　　又復問。

　　　　無名人曰：「汝遊心於淡，合氣於漠，順物自然而無容私焉，而天下治矣。」

注釋

一　何帠（粵：藝，普：yì）：義同「何為」。

莊子用「無名人」作為他自己思想的代言人並不是偶然的。不僅因為他想強調文章的虛構性質（《莊子》不是歷史書），而且他認為「自然」、「純樸」、「養神」等道德觀念都比「名義」高尚。

無名人這樣描寫自己的作為：

> 又乘夫莽眇之鳥，以出六極之外，
> 而遊無何有之鄉，以處壙垠之野。

這幾句雖然不是嚴格的韻文，但至少是很精美的對聯。值得注意的是，二十六字中用了兩個連綿辭：「莽眇」指「清虛」的狀態，「壙垠」指「廣大空曠」，都是罕見而有趣的形容詞。雖然如此，其他用詞都不比不上「無何有之鄉」，形容出古代中國獨特的「烏托邦」理想境界。陶淵明寫〈桃花源記〉，說是「問今是何世，乃不知有漢，無論魏、晉」，不也是想描寫另一種「無何有之鄉」嗎？

《莊子》包含各種文學技巧和文學美，可以視為雕飾的散文，但是有的章節與純粹的詩歌無分別。比如在〈應帝王〉第六章：

> 無為名尸，¯無為謀府；二
> 無為事任，三無為知主。四
> 體盡無窮，而遊無朕；五
> 盡其所受乎天，六

而無見得，七亦虛而已。

至人之用心若鏡，八不將不迎，

應而不藏，故能勝物而不傷。

注釋

一　無為：義同「不作」，下同。尸：同「主」。
二　謀府：智謀所聚。
三　事任：承擔工作。
四　知：同「智」。知主：智巧的主宰。
五　朕：徵兆。無朕：無物之初。
六　盡其所受乎天：享用自身稟受的天性。
七　無見得：不自見其有所得，即不自我誇矜。
八　若鏡：指如鏡子映照一樣，純客觀地反映。

　　因為這段的哲學內容很深奧，所以我們可以參考現代
的翻譯。陳鼓應的白話譯文如下：

　　　　絕棄求名的心思，絕棄策謀的智慮；絕棄
　　專斷的行為，絕棄智巧的作為。體會着無窮的
　　大道，遊心於寂靜的境域；承受着自然的本性，
　　而不自我誇矜，這也是達到空明的心境。至人
　　的用心有如鏡子，任物的來去而不加迎送，如
　　實反映而無所隱藏，所以能夠勝物而不被物所
　　損傷。

　　雖然翻譯能給我們展示這一章的主要思想內涵，但

白話文並不能準確反映本章的文學形式。尤其是，我們可以看到整齊的四言句式：「無為名尸，無為謀府；無為事任，無為知主。體盡無窮，而遊無朕」，而這幾句句末之字「府、主」，與此段最後幾句的「迎、應」、「藏、傷」也各自押韻。這一段中也有比較顯著的明喻，以「至人之用心若鏡」來總結全文。另外，「無為」作為發語詞，在段落開首多次重復，就好像一個容易記住的口號，反覆申述同一個觀點。押韻分別出現在段落首尾，各押不同韻部，夾雜中間不押韻的部分，就好像將文章的結構劃分成三個段落，渾然天成。

當然，以上段落因篇幅短小，不能完全反映《莊子》所有文學技巧。例如多用一些不能單字成義的連綿詞，如〈應帝王〉第一章形容舒緩的「徐徐」與形容悠然自得的「于于」等。另外，更有很多活潑的比喻，例如第二章的「涉海鑿河」與「使蚉負山」比喻以不合自然的方法來治理國家最後都是不能成功的。

《莊子》在中國歷朝均被奉為經典，原因在其深刻的哲學和文學層次。在哲學層次，莊子主張「齊物論」或「視角主義」（用自己的視角改變所看見的世界，擺脫「井蛙之見」。同時提出「真人」的理想：「真人」達到了絕對自由的境界，不受物質條件的支配。〈逍遙遊〉等篇章還注重「遊」式行為，即「透破功名利祿、權勢尊位的束縛，而使精神活動臻於優遊自在、無掛無礙的境地。」（陳鼓應教授語）而在文學層次，正是由於道家所持的哲學立場，要脫離

傳統的思維方式，所以莊子、老子等道家代表人物往往利用大量比喻、虛構、對照等富於文學性的方法。尤其是《莊子》非常重視人的想像力與創造性。於是，讀者往往會發現書中的典型敍事方式是虛構對話（fictional dialogue），例如在〈應帝王〉第三章虛擬人物天根與無名人的對話，引出「順物自然」的觀點。讀者可以看出主人公從無知到邁向智慧的進步。同樣的敍事方式在西方哲學中也存在。類似的例子就有柏拉圖的對話錄：有的偏重理論分析，有的偏重人物的性格與私人關係，後者可以《會飲篇》（Symposium）為代表。按照現代的觀點，《莊子》一書所敍述的故事，都屬於寓言（fable）的範疇。所謂寓言，類似於神話，但有更明確的目的性。以上的文學特點體現在〈應帝王〉所說的五個寓言故事，都用以闡述莊子心目中的「帝王之術」：蒲衣子的「吾忘我」境界、狂人接輿嘲笑蚊子背大山之妄想、天根問道、老子的明王之治等，在在闡述這位哲人「無為而治，循道而為」的基本理念。正如《莊子》一書敍事者的夫子自道那樣：「寓言十九，重言十七，卮言日出，和以天倪。寓言十九，藉外論之。」（〈寓言〉篇）

道教與詩歌

從漢朝開始，社會上就流行養生、成仙的方法，及至東漢末年和魏晉南北朝，道教這套思想漸漸發展成獨立的

宗教。漢朝已出現了「五斗米道／天師道」的宗派，崇拜老子為教主。六朝出現了新的經典《上清經》、《靈寶經》等。古代道教的基本思想建基於《老子》、《莊子》之上，追求「自然」、「元氣」、「無為」等理念。只是道教徒相信可以通過煉丹、呼吸吐納等道術成仙，達到長生不死的境界。而且，道教崇拜很多神仙，如三皇、五帝以至靈山如五嶽等等，這是道家經典沒有提到的。到了唐朝，因老子李聃與皇室李氏同姓，道教受到皇帝積極支持，於是出現了前所未有的活躍：「唐皇室李氏本來出身於北周宇文氏府兵六鎮的武川鎮軍閥，有着鮮卑人的血統。把自己的宗族歸屬到隴西李氏，再進一步把具體家系推及於老子，這在魏晉以來崇重門閥的社會傳統中，是提高天潢貴胄身份的手段。」[3]

　　道教對歷代文學都產生了深遠的影響，但模範的道教徒詩人首推唐代大詩人李白。據歷史記載，他也服食煉丹，而且受過道籙，師從道士司馬承禎，是一個正式的道教徒。此外他更與著名道士兼詩人吳筠交往。《舊唐書‧李白傳》曰：「天寶初，客遊會稽，與道士吳筠隱於剡中。既而玄宗詔筠赴京師，筠薦之於朝，遣使召之，與筠俱待詔翰林。」如孫昌武先生總括道：「李白對道教的興趣終生不衰。」[4] 而且，李白的道教信仰及活動與他一生中的其他別

3　孫昌武：《道教與唐代文學》，頁9。

4　同上注，頁210。

的貢獻都不能分開：「李白後來被玄宗器重，他有好道的名
聲也應是原因之一。」[5]

李白的道教信仰在其膾炙人口的名篇中都有所表現，
如〈山中問答〉：

> 問余何意棲碧山，笑而不答心自閒。
> 桃花流水杳然去，別有天地非人間。

有當代學者指出，在李白詩中，「人間」都是貶義詞。
人間怎麼可以變成不好的事情呢？因為李白所追求的境界
是超越人間的，是高山和流水所象徵的另一種天地。我們
看到「桃花」當然會想到陶淵明的〈桃花源記〉，這是一個
很普遍的文學典故。正如以上所討論的，單是這個典故就
足以讓我們將這首詩歸類為「道家文學」，因為它受到了莊
子以來的明哲保身思想的啟發。

然而，如果我們僅僅看到這首詩的道家哲學背景，將
會導致很大的誤解。其實〈山中問答〉包含另一個更重要
的文學典故，即陶弘景（452—536）的一首絕句。陶弘景是
有名的學者、鍊金術士、隱士，整理了《真誥》等上清道
教的經典，有「山中宰相」之稱。他隱居茅山，是建立茅
山派道教的重要人物。

5　同上注，頁 211。

據說，有一次「齊高祖」（史無其人，有學者說應為齊高宗蕭鸞之誤）問他：「山中何所有？」弘景以詩歌回答曰：[6]

山中何所有，嶺上多白雲。
只可自怡悦，不堪持寄君。

這首詩本來無題，如果要加題目，當然沒有比〈山中問答〉更合適的了。李白寫他自己的〈山中問答〉時很可能想到陶弘景的作品，這是一個典型的文學典故引用。因此，李白的「別有天地」應該不是隨便說的空話，而有比較具體的指示對象，即神仙所居住的洞天福地。

不過〈山中問答〉所反映的道教思想還是比較間接的，李白在其他作品寫到道教的神仙不在少數。神仙所居住的地方當然就是山中。唐代文化中，「山」不僅是我們熟悉的地理觀念，更是宗教化的神學觀念「聖山」。對李白來說，山本身是隱秘、魔幻、神聖的地方。我們通過他膾炙人口的離別詩〈夢遊天姥吟留別〉可以看到：

世間行樂亦如此，古來萬事東流水。
別君去兮何時還？且放白鹿青崖間，須行
即騎訪名山。
安能摧眉折腰事權貴，使我不得開心顏。

6　故事見《太平廣記》卷二百二引《談藪》，此詩亦載《道藏·太玄部》所收《華陽陶隱居集》卷上。

　　而唐朝道教的核心地點之一是泰山。這座山歷來是最神聖的山岳之一。自秦始皇和漢武帝進行封禪儀典後，它便與皇帝政權建立了緊密連繫。唐玄宗在開元十三年十一月十至十一日（725 年 12 月 19 至 20 日）重演秦漢故事，到泰山進行封禪，因此泰山可說是經歷了當時政治、宗教一系列的重大事件。

　　至於有關泰山的研究，最重要的研究著作是法國漢學家沙畹（Édouard Chavannes）的《泰山》（Le T'ai chan），1910 年以法文出版，至今在西方漢學界仍然是一部非常重要的著作。該書附有一篇討論古代中國社神的文章，第一次指出道教科儀的重要性。沙畹對現當代的漢學做出了極大的貢獻。他的研究範圍很廣，包括《史記》的翻譯和研究，對古代中國和突厥的關係的考察等等寫有專文討論。他特別值得讚揚的地方是他的研究涉及到中國文化的各個方面（宗教、歷史、地理、民族、語言等）。我們二十一世紀的人更不該忘記中國文化的多元化，想讀懂文學作品，一定還要注意到總體的文化背景。

　　李白的多數遊仙詩都涉及到了聖山，如天寶元年（742）四月作的〈遊太山六首〉，題目中的「太山」實即泰山。它是一組五言古詩（非近體詩），所以平仄自由；屬於「遊仙」詩歌傳統，繼承晉朝郭璞的〈遊仙詩〉等前例。遊仙詩與當時道教的發展有明顯的關聯，同時包含着文學創造的成分。〈遊太山六首〉描寫李白爬上泰山的樂趣，對神仙的豐富想像和對道教修養的精進。

遊太山（其一）

四月上太山，石屏御道開。

六龍過萬壑，[一] 澗谷隨縈迴。

馬跡遶碧峰，於今滿青苔。[二]

飛流灑絕巘，[三] 水急松聲哀。

北眺崿嶂奇，[四] 傾崖向東摧。

洞門閉石扇，地底興雲雷。

登高望蓬瀛，[五] 想象金銀臺。[六]

天門一長嘯，萬里清風來。

玉女四五人，[七] 飄颻下九垓。[八]

含笑引素手，遺我流霞杯。[九]

稽首再拜之，自媿非仙才。

曠然小宇宙，[十] 棄世何悠哉！

注釋

一 六龍：指天子車駕的六馬。

二 上下兩句：指當年君王車駕登山的馬跡現在已經長滿青苔。

三 飛流：瀑布。

四 崿嶂：高峻的山崖。

五 蓬瀛：即蓬萊和瀛洲，都是古代神話中的仙山。

六 想象：回憶。金銀臺：在蓬萊山（見郭璞〈遊仙詩〉）。

七 玉女：仙女。

八 飄颻：即「飄搖」。九垓：中央至八極之地。《淮南子‧道應》：「吾與汗漫期於九垓之上，吾不可以久。」（據王念孫校改）

九 流霞：道教經書《皇天上清金闕帝君靈書紫文上經》提到飲流霞的方法：「於是，聖君吟歌畢，顧引青童使坐，設流霞之漿、鏤剛之果、赤樹白子、絳木青實。」

十 曠然：曠達無累。「曠然小宇宙」一句充滿道家思想的視角主義。

　　這是組詩的第一首，重點在描寫開始登山的境況。此處除了運用不少的神話傳說，例如「玉女」、「蓬萊」和「瀛洲」等之外，更引入了大量的道教典故，例如「九垓」、「流霞」，以及《莊子》談及的「小宇宙」，可見在李白筆下，道家、道教的典故很自然地融合在其詩歌創作中。而在之後的五首，以上的特點還是一樣可以見到。例如〈遊太山〉其二，描寫到擁有方瞳的神仙「羽人」，還有相傳是倉頡造字的「鳥跡書」這類神話典故。在〈遊太山〉其三，則有與道教相關的典故，例如青童，即道教文獻中著名的仙

《泰山圖》，引自沙畹著《泰山：中國的一種信仰》（*Le T'ai chan: Essai de monographie d'un culte chinois*, Paris: Ernest Leroux, 1910）。沙畹（Édouard Chavannes, 1865—1918）為法國著名漢學家，其專書《泰山：中國的一種信仰》值得稱為西方漢學的早期里程碑，其中包括不少對泰山的現場研究。

童。到了〈遊太山〉其四的中段，「攀崖上日觀，伏檻窺東溟」，寫到詩人終於到達泰山玉皇頂東南的日觀峰。詩人極目遠望之際，除了描繪外在所見景物「海色動遠山，天雞已先鳴」之外，更引入神仙典故的句子：「銀臺出倒景，白浪翻長鯨。安得不死藥，高飛向蓬瀛？」銀臺，即前文所指金銀臺；不死藥，則與嫦娥神話相關；蓬瀛，即中國傳說中的神山。在這段文字中，讀者可以清楚看到李白在登臨泰山頂峰之際，幻想自己能夠乘雲駕風，飛至傳說中的仙山，成為神仙的一員。而之後的〈遊太山〉其五，則到了組詩敍事的高潮：

遊太山（其五）

日觀東北傾，兩崖夾雙石。

海水落眼前，天光遙空碧。

千峰爭攢聚，萬壑絕凌歷。

緬彼鶴上仙，一去無雲中跡。

長松入霄漢，遠望不盈尺。

山花異人間，五月雪中白。

終當遇安期，二於此鍊玉液。

注釋

一　緬：緬邈貌，纖細而又遙遠的狀態。

二　安期：即安期生，古之仙人。

　　雖然時值五月天，但泰山還飄着雪，更有山花綻放，可謂人間異境。在這個令人難以置信的空間裏，李白盼望最後能遇到如安期生那樣的仙人，在泰山深處修仙煉藥。有關這首的藝術美感，我們不妨參照柯睿（Paul W. Kroll）教授的翻譯來解釋：[7]

> The **Belvedere** of the Sun inclines north and east;
>
> Its pair of high banks — twinned stone hemmed about.
>
> The sea's waters drop away before one's eyes;
>
> The sky's light spreads far in the cyan-blue of the void.
>
> A thousand peaks, vying, throng and cluster round;
>
> A myriad **straths** are cut off from traverse and transit.
>
> Thread-thin in the distance, that **transcendent** on his crane —
>
> Upon departing he left no tracks among the clouds.
>
> Long pines enter here into the **Empyreal** Han,
>
> The "distant view" is now no more than a foot away.
>
> The mountain's flowers are different from those in

7　Kroll, Paul W., "Verses From On High: The Ascent of T'ai Shan," *T'oung Pao* (Second Series) 69, Livr. 4/5 (1983): 257.

the human realm —

    In the fifth month they are white amidst the snows.

    — I am bound in the end to come upon Anqi,

    Refining at this very place the liquor of jade.

                — Translation by Paul W. Kroll

Belvedere：有蓋建築，尤指面對開揚景觀的小型眺遠亭或觀景臺。

Strath：廣闊而平坦的河谷。

Transcendent：形容離世絕俗、超然於凡塵之上的存在。

Empyreal：蒼天的；天外的。

日觀（belvedere of the Sun）、萬壑（myriad straths）、仙（transcendent）、霄（empyreal）這些字詞，正正勾勒了這首詩的輪廓：在頂峰，李白俯瞰群山，在這個與天相接的仙境，興起了遠離人世、飄然欲仙的心思。英文和中文都需要一些特殊詞彙來描寫李白所看到的風景。

葛景春教授對這方面的作品做過這樣的概述：「李白的遊仙詩所表現的主要有三個方面：一、通過仙界和人間的強烈對比，以實現對現實社會的揭露和批判……二、在遊仙詩中，李白寫了採藥煉丹，求仙飛升的內容。這些詩反映了詩人對有限人生的無限熱愛及對長生久視的渴求……三、李白的遊仙詩中，最多的還是對神仙無拘無束生活的嚮往。通過對仙境和神仙生活的描繪和想像，來表達對自

由理想境界的追求。」[8]〈遊太山六首〉可以幫我們認識這三
方面,即明白李白詩歌的宗教和心理意義如何交織在一起。

8　葛景春:《李白思想藝術探驪》(鄭州:中州古籍出版社,1991),頁
60—62。

小　結

到現在為止，學術界對「道教與詩歌」這一個課題還需要更多深入的研究。一般而言，學者面對道家、道教在中國文學創作所起的作用這個問題時，都會集中在遊仙詩之類的研究（如葛曉音〈漢唐詩人的遊仙世界〉），或者以比較角度來探討西方《聖經》中的神與中國文學作品中（道教意義）的道，但對文學美本身的探討則可說是非常缺乏。本章嘗試以《莊子》與李白的詩篇，分析道家與道教是如何影響中國文學的創作。

本章參考書目

陳鼓應譯注：《莊子今註今譯》。香港：中華書局，2012 年。

陳引馳：《莊學文藝觀研究》。臺北：文史哲出版社，1994 年。

孫昌武：《道教與唐代文學》。北京：人民文學出版社，2001 年。

葛景春：《李白思想藝術探驪》。鄭州：中州古籍出版社，1991。

葛曉音：〈漢唐詩人的遊仙世界〉，《文史知識》2006 年第 3 期，頁 10—18。

郭慶藩（1844—1896）撰，王孝魚點校：《莊子集釋》（全四冊）。北京：中華書局，2004 年。

周勛初：《李白評傳》。南京：南京大學出版社，2005 年。

Kroll, Paul W. "Verses from on High: The Ascent of Mount T'ai." *T'oung Pao* 69.4—5 (1983): 223—60.

—————. "Lexical Landscapes and Textual Mountains in the High T'ang." *T'oung Pao* 84.1—3 (1998): 62—101.

專題研習

1. 本課選了〈應帝王〉篇來介紹《莊子》的文學色彩，主要是因為內容比較多樣化，同一篇可以從不同的角度去討論。不過，我們還沒有深入探討〈應帝王〉全篇的總體結構和意義。試討論〈應帝王〉一文應不應該被視為完整的作品？

2. 李白〈古風〉組詩歷來備受重視，但是現代學者甚少討論其道教成分。試分析〈古風〉其五的道教成分和思想趨勢：

> 太白何蒼蒼，星辰上森列。
> 去天三百里，邈爾與世絕。
> 中有綠髮翁，披雲臥松雪。
> 不笑亦不語，冥棲在巖穴。
> 我來逢真人，長跪問寶訣。
> 粲然忽自哂，授以鍊藥說。
> 銘骨傳其語，竦身已電滅。
> 仰望不可及，蒼然五情熱。
> 吾將營丹砂，永與世人別。

第九章

佛教

佛教與中國文學

道教是中國土生土長的傳統宗教，對中國古代文人的處世哲學和文學創作都產生了深遠的影響。極具浪漫主義色彩的遊仙詩，甚至許多山水田園詩都深受道家思想的濡染。作為舶來品，佛教則在傳入中國的過程中與本土文化不斷摩擦與融合。胡適等五四學者都注意到佛教給中國文化帶來的影響，這是我們瞭解中國傳統文化的過程中無法忽略的一個龐大課題。佛教在東漢傳入中國以後，中國文化各方面都受到刺激：思想、政治、藝術、文學、音樂等等，甚至連中國的語言本身也發生了變化。

斯丹福大學的柯嘉豪（John H. Kieschnick）教授曾這樣概括佛教對中國「物質文化」的影響：

> 由於一些偶然性因素，佛教在中國社會引發了一些與宗教本身，至少是與通常所謂的「宗教本身」關係甚微的變革。佛經的翻譯逼使中國學者不得不面對其母語的特性，發展新的分

析語言的方法。佛教作品啟發了新的文學形式，後來的中國作家以此表現他們自己的世俗關懷。現代漢語中許多常用詞彙和固定表達方式，最初都是為了表達佛教概念而被製造出來的。如今，它們的佛教起源也只有語言學家比較瞭解。外來僧人和留學歸國的僧人，不只帶來佛教經典和寺院生活的指南，還帶給中國統治者有關政權分界、地理和軍事等方面的重要信息。佛教的宗教儀式（liturgy）對中國的音樂、舞蹈也產生了深刻的影響。這些發展變化雖然和佛教信仰、實踐、人物和著述等相去甚遠，但也是中國佛教史不可分割的部分。因此，如果我們要充分認識中國佛教史的複雜性，就應追尋佛教在社會裏所引發的各種變化，即便這些變化後來失卻了佛教色彩。這反映的就是「無心插柳柳成蔭」的世間常情。

佛教傳入中國的時候，中國並不是被動的接受者。中國人在接受印度佛教的同時改變了它，改成更具中國文化特色、更符合這裏國情的信仰。尤其是，印度佛教原來偏向抽象哲理、苦行和默念，但傳入中國以後，轉向成較外向的、社交性的宗教。佛教的創始人是釋迦牟尼（Śākyamuni，約公元前第五世紀），相傳他是印度釋迦國

的太子。二十九歲的時候出家，放棄家業，師從一些當時著名的聖人。但是，他對聖人所教導的智慧一直不完全滿意，經過多年的修行，終於在菩提樹之下成功覺悟，此後被稱為「佛陀」（Buddha），即「證悟宇宙真理，解脫一切煩惱的人」。所謂解脫，相當於到達「涅槃」（nirvāṇa），脫離所有的煩惱，不再參與生死輪迴。

其後，在公元前二世紀左右，出現了新的佛教派別大乘佛教（Mahāyāna）。除了佛陀以外，大乘佛教的信徒還會敬拜「菩薩」（Bodhisattva）。菩薩是佛教的修行者，但祂不只是為了自己的解脫而修行，而是得發誓教導凡人如何覺悟，濟度眾生。大乘佛教雖產自印度，但歷來在當地不是主流，反而流行於東亞（中國、日本、韓國、蒙古等地）。

至於佛教何時傳入中國，一般認為在東漢初年左右。據說漢明帝夢見佛陀，派大使到西域尋找，帶回《四十二章經》。明帝後來在洛陽建成白馬寺。而佛教大規模地影響中國文化，應該是從魏晉南北朝時期開始的，因為這是佛典翻譯成漢文的時期。將佛經翻譯成漢文並非易事。佛教的典籍原來是梵文（Sanskrit）、巴利文（Pali）等印度語言寫的。在中國的魏晉時代，中亞的僧人為了傳播宗教，開始了艱難的翻譯工程。第一批譯經還比較粗糙。當時漢語並沒有合適的詞彙表達佛教的主要概念，所以經常用「格義」的方法，直接用道家詞彙來代表佛教的概念。在這種艱難情況下，譯者鳩摩羅什（Kumārajiva，334—409/413）對佛經翻譯起了不可磨滅的作用。他是龜茲（*Qiūcí* / Kucha，在

Plaque with Scenes from the Life of
the Buddha. 佛本生故事小型石碑

今新疆）人，長居長安，率領一群學者翻譯佛經，包括《法
華經》、《金剛經》等，一共翻譯了七十多個文本。孫昌武
教授在煌煌巨製《中國佛教文化史》裏如此描述鳩摩羅什
的成就：

> 在他來到長安的當時，出身本土，接受傳
> 統文化教育，又具有內、外學高深學養的新一
> 代學僧已經成長起來。他所領導的僧團，除了
> 翻譯佛典，更吸收這樣一批人參與，進行了高
> 水平的教學、研究工作。[1]

鳩摩羅什等僧人跟當時的文人有很多交流，因此南
北朝文學受到佛學的影響很深。尤其是南朝山水詩的大師

1　孫昌武：《中國佛教文化史》（北京：中華書局，2010 年），頁 424—
　　425。

謝靈運（385—433），認識後來成為淨土宗的創始者慧遠（334—416），並參與佛經的漢譯。陳偉強教授指出：

> 除了政治背景，晉宋時期的思想背景也是謝詩內容風格的重要形成因素。靈運對頓悟的涉獵頗早，主要得力於竺道生（355－434）和慧遠（334－416）兩位高僧。靈運作於永嘉時期的〈與諸道人辨宗論〉中，已詳論去「累」得「理」，是為頓悟說的基本，其說曾得道生稱許。道生早年受學於廬山慧遠，後至洛陽從鳩摩羅什學習大乘之學，鳩氏亦曾讚許慧遠之「法性論」，蓋「人皆有佛性」乃大乘之旨。[2]

就是說，謝靈運很多作品追求的「理」就是當時的名僧在討論的「佛性論」。

同時，佛教對中國散文的發展也起了很大的作用。在南北朝時期，駢體文盛行，文人作家習用對仗工整、聲律和諧、雕琢詞藻的文學風格。剛好在這個時候，佛教引進了另一種寫作風格，重點在說理傳教，用生動的散文講故事。胡適《白話文學史》就說：「（佛經翻譯）給中國文學史上開了無窮新意境，創了不少新文體，添了無數新材

2　陳偉強：〈石壁精舍，江中孤嶼——謝靈運的頓悟山水〉，收入劉楚華編：《中國文學風景》（香港：匯智出版，2018 年），頁 82。

料。」

佛教對中國文學所帶來的影響是非常多元化的：除了僧人與文人的交流產生了很多新穎的詩歌、譯經的文風對散文發展造成的影響以外，印度的事物、地點、人物都被潤色成一連串新的文學意象，給中國文學提供了很多新的材料；大乘佛教的哲理也改變了整個中國思想史的方向。因為時間有限，材料過多，本章只會介紹一種佛經，即對中國文化影響極其深刻的《維摩詰（所說）經》。胡適所說，《維摩詰經》是「半小說、半戲劇的作品，譯出之後，在文學界與美術界影響最大……後來此書竟被人演為唱文，成為最大的故事詩。」我們在第五章所介紹過敦煌文獻中的變文，其中〈維摩詰經講經文〉就是其「演為唱文」的顯例。而《維摩詰經》本身也可視為饒有趣味、圍繞一個很獨特的主人公的敘事傑作。

佛教與中國文學：《維摩詰經》

維摩詰（Vimalakīrti），是釋迦牟尼佛時代的居士（沒有出家的佛教徒）。據說他生病躺在家裏時，很多菩薩和神仙來跟他討論佛教的義理，這些情境在文中有詳細的記載。《維摩詰經》對唐宋兩朝文化的影響非常大，中國文人往往將維摩詰看成自己嚮往的理想人物。例如以下的這一段落：

爾時毘耶離大城中有長者名維摩詰，[一]已曾供養無量諸佛，深植善本，[二]得無生忍，[三]辯才無礙，遊戲神通，[四]逮諸總持，[五]獲無所畏。降魔勞怨，入深法門，善於智度，通達方便，大願成就。明了眾生心之所趣，又能分別諸根利鈍。久於佛道，心已純淑，決定大乘。諸有所作，能善思量，住佛威儀。心大如海，諸佛咨嗟，弟子、釋、梵、世主所敬。[六]

注釋

[一] 毘耶離：Vaiśālī，印度城市。

[二] 善本：或稱善根。

[三] 無生忍：領悟到「無生」的哲理，即人生沒有生也沒有滅，全是虛幻，跳出生死輪迴。

[四] 遊戲神通：任意用神通力。

[五] 總持：佛教咒語，也稱陀羅尼，即梵文 dhāraṇī。

[六] 釋、梵、世主：都是印度傳說的天王。

從這段文字中，我們可以知道在印度城市毘耶離，有一位信奉佛教的長者維摩詰。書中描述，他擁有悟道的善根，透徹了瞭解人生的本質。他睿智善辯，也有運用神通的能力。而在段落末尾，我們可以看到他所信奉的正是大乘佛教。另外，在之後的另一段文字中，讀者可以更深入明白維摩詰的辯論特長：

　　遊諸四衢，饒益眾生。入治政法，救護一切。入講論處，導以大乘。入諸學堂，誘開童蒙。入諸婬舍，示欲之過。入諸酒肆，能立其志。若在長者，長者中尊，為說勝法。若在居士，居士中尊，斷其貪着。若在剎利，¯剎利中尊，教以忍辱。若在婆羅門，²婆羅門中尊，除其我慢。若在大臣，大臣中尊，教以正法。若在王子，王子中尊，示以忠孝。若在內官，內官中尊，化政宮女。若在庶民，庶民中尊，令興福力。若在梵天，梵天中尊，誨以勝慧。若在帝釋，帝釋中尊，示現無常。若在護世，護世中尊，護諸眾生。長者維摩詰，以如是等無量方便，³饒益眾生。

注釋

¯ 剎利：梵文 Kṣatriya 的音譯。古印度社會四階級中第二級，即貴族。
² 婆羅門：印度社會種姓制度下四階級中的第一級，世襲祭司之貴職。
³ 方便：梵文 upāya 的意譯。引誘眾生入真法而權設的法門。

　　我們可以看到他和印度當時的上層社會辯論，希望他們斷除貪念，堅毅忍辱，不要自高自大，要有忠誠孝順的心，希望普渡眾生。而在他的論辯當中，更明確表達了覺悟的最高境界，以及「過去、未來、現在」三生的佛教概念：

　　時維摩詰來謂我言：「彌勒！世尊授仁者記一生當得阿耨多羅三藐三菩提。¯為用何生得受記乎？過去耶？未來耶？現在耶？若過去生，過去生已滅；若未來生，未來生未至；若現在生，現在生無住。如佛所說：『比丘！汝今即時，亦生亦老亦滅。』若以無生得受記者，無生即是正位，¯於正位中，亦無受記，亦無得阿耨多羅三藐三菩提，云何彌勒受一生記乎？……」

注釋

¯　世尊：釋迦牟尼佛。授記：答應某人在未來能成佛。阿耨多羅三藐三菩提：無上正真道，即覺悟，梵文 anuttara-samyak-saṃbodhi 的音譯。

二　正位：即達悟之位、無煩惱之境地

　　此外，我們可以根據他所論辯的對象，得悉當時信奉佛教的人士大多是古印度社會階級的下層，因此無論是當時的僧侶口傳說法或是文獻傳播，都希望以具體、形象的文學技巧，讓大眾容易記住教義、哲理。簡單而言，就是：比喻（明喻）、對話以及傳奇的情節。例如《維摩詰經》的另一章節：

　　其以方便現身有疾，以其疾故，國王大臣、長者居士、婆羅門等，及諸王子並餘官

屬，無數千人皆往問疾。其往者，維摩詰因以身疾廣為說法：¹「諸仁者！是身無常無強，無力無堅。速朽之法，不可信也。為苦為惱，眾病所集。諸仁者！如此身，明智者所不怙。²

是身如聚沫，不可撮摩。

是身如泡，不得久立。

是身如炎，從渴愛生。

是身如芭蕉，中無有堅。

是身如幻，從顛倒起。

是身如夢，為虛妄見。

是身如影，從業緣現。

是身如響，屬諸因緣。

是身如浮雲，須臾變滅。

是身如電，念念不住……。」

注釋

一　法：佛教術語，用法頗多。這裏指構成世界的成分之一。

二　不怙（粵：戶，普：hù）：不可依靠。

此章節，除第一段外，皆以「是身如 XX」作為起句式，易記易誦，而每一句均有明喻，即如聚沫、如泡、如炎、如芭蕉等等，化抽象為具體，讓一般讀者都能夠明白所揭示的道理。當中，芭蕉廣為印度人所使用，是典型的印度名物，即使到現在，在南印度，人們都會以新鮮的芭

蕉葉作天然的托盤，承載食物。

至於對話以及傳奇的情節，則見於之後的另一節，持世菩薩向佛陀訴說當年給魔王迷惑的故事：

> 佛告持世菩薩：「汝行詣維摩詰問疾。」
>
> 持世白佛言：「世尊，我不堪任詣彼問疾。所以者何？憶念我昔，住於靜室。時魔波旬，¯從萬二千天女，狀如帝釋，鼓樂弦歌，來詣我所。與其眷屬，稽首我足，合掌恭敬，於一面立。
>
> 我意謂是帝釋，而語之言：『善來！憍尸迦。二雖福應有，不當自恣。三當觀五欲無常，以求善本，於身命財，而修堅法。』
>
> 即語我言：『正士，受是萬二千天女，可備掃灑。』……」

注釋

¯ 魔波旬：魔王。波旬是梵文「魔」的音譯。
二 憍尸迦：Kauśika，印度天王帝釋天的姓。
三 自恣：過分放縱自己。

《維摩詰經》雖然是佛教的典籍，但同時也是一部文學傑作。其中的明喻、虛構對話、生動敘事以及鮮明人物都吸引了歷代無數的讀者。而它對後代白話文學和敘事文學（例如變文、《西遊記》等等）及詩歌等均有深厚的影響。

佛教與王維詩

　　佛教開始影響詩歌的發展已經是魏晉時代的事。近年
關於所謂玄言詩的研究已經澄清了這一點。不過,最早具
有明顯的佛教色彩而又夠得上稱為偉大詩人的應該是謝靈
運。謝靈運特別重視《維摩詰經》,受到到它不少啟發,例
如他曾寫過〈《維摩詰經》中十譬讚八首〉,其中第三首描
寫芭蕉,可視為佛教詠物詩:

> 生分本多端,芭蕉知不一。
>
> 合萼不結核,敷花何由實。
>
> 至人善取譬,無宰誰能律?
>
> 莫昵緣合時,當視分散日。

　　這組詩非常有意思,不過佛教內涵很深、利用的哲學
術語不少,已超出本課程的範圍。

　　歷代成就最高的佛教徒詩人當然是王維(701—761)。
王維,字摩詰,721 年登進士,之後仕途順利,最後升到
尚書右丞。這裏特別要指出的是,王維的作品各方面都受
到《維摩詰經》的影響。王維篤信佛教,連名字也有佛教
含義,古人名和字互為表裏,結合後正好構成「維摩詰」。
王維的交遊中佛僧很多,例如本師道光、建立禪宗南宗的
神會(684—758),以及編輯早期禪宗史重要文獻《楞伽
師資記》的淨覺(683— 約 750)等等。此外,他更寫過一

些禮讚佛陀、觀音、淨土的讚文。王維晚年進一步從佛教尋求安慰時，寫了名聯：「一生幾許傷心事，不向空門何處銷。」（〈嘆白髮〉）同時，他沒有出家，反而一生做官、參政。此點也類似於維摩詰這位佛經中最有名的「居士」。此外，王維也善繪畫和音樂，聞名於世。

王維有很多作品都體現出佛教的影響，同時讀者也可以感受到在這些作品裏，詩人以自己的風格重寫佛教意象的意圖，因此可視為佛教與詩歌互相構成的文化試驗。

上述這一批與佛教有關的作品，大致上可分成三類：第一類是純粹佛理詩，如〈登辨覺寺〉；第二類的內容雖涉及佛教、佛寺、僧人等，主旨則不一定屬於佛教範圍，如〈藍田山石門精舍〉等；第三類，王維沒有明確在字面上提到佛教義理，而是含蓄地表達嚮往解脫之心，如〈答裴迪輞口遇雨憶終南山之作〉。

以下，我們先談第一類的詩作，以寫於公元 741 年春的〈登辨覺寺〉為例：

竹徑連初地，⁻蓮峰出化城。二
窗中三楚盡，林上九江平。
輭草承趺坐，三長松響梵聲。四
空居法雲外，觀世得無生。五

注釋

⁻ 初地：菩薩的修行過程有十地，第一稱「初地」或「歡喜地」；第十地稱「法雲地」，見《華嚴經·十地品》。

二　化城：虛幻城市。《法華經·化城喻品》中的重要明喻。《佛光大辭典》語釋為：「有眾人將過五百由旬（引按，天竺里數名）險難惡道以達寶處，疲極欲返，其導師為振奮眾人，以方便力，於道中過三百由旬處化作一城，令彼等得蘇息，終能向寶處前進。即藉化城比喻二乘（引按，指聲聞、緣覺二乘）所得之涅槃非為真實，乃佛為使彼等達大乘至極佛果之方便假説。」

三　跌（粵）：夫，（普）：fū）坐：結跏趺坐，即足背（跌）置於大腿之上，盤腿端坐。

四　梵聲：念佛誦經的聲音。

五　觀世：一説觀察世事。一説觀世音菩薩。無生：不再參與生死輪迴。

　　按照元人方回編選本《瀛奎律髓》，辨覺寺應在廬山，可見其幽靜廣闊的景物描寫，其來有自。這首詩出現了不少與佛教有關的詞語，例如初地、化城、跌坐、梵聲、觀世等。就形式來説，它是一首典型的五言律詩。首先，它符合押韻的規則，「城、平、聲、生」押韻；首聯與頸聯對仗工整；平仄也剛好對立，例如首聯第二個字平聲，對句末字則仄聲收結。從審美角度來説，本詩首聯概括寺廟實乃成佛的地方，讚美之餘，不忘引典。次聯描寫從寺所望之景，三楚盡、九江平，見其廣大，正襯佛寺的莊嚴。繼而寫到進寺入內之事，跌坐參禪，靜聽念佛誦經。最後以此行對佛理所得作結。總括而言，它是山水詩，也是佛理詩，更是王維敍述自己經驗的抒情詩。正如明周珽編《唐詩選脈會通評林》所言：「首敍寺宇原為佛地，次寫登寺之景，三詠登寺之事，結言禪心空寂，覺有所得，見登寺之益。眼界開曠，舌峰秀麗，非深於禪理，不能語語造微入

妙如此。」

　　至於第二類的作品，即主旨不屬於佛教範圍的作品，則可舉〈藍田山石門精舍〉。王維在長安附近的藍田山（在藍田縣東南，故名）輞谷購買了別墅，稱為「輞川別業」；王維曾自編一部分收錄於《輞川集》，均為代表作。這一段時期，他經常與好友裴迪互相唱和。

藍田山石門精舍[一]

落日山水好，漾舟信歸風。
玩奇不覺遠，因以緣源窮。[二]
遙愛雲木秀，初疑路不同。
安知清流轉，偶與前山通。

捨舟理輕策，[三] 果然愜所適。
老僧四五人，逍遙蔭松柏。
朝梵林未曙，[四] 夜禪山更寂。
道心及牧童，[五] 世事問樵客。

暝宿長林下，焚香臥瑤席。[六]
澗芳襲人衣，山月映石壁。
再尋畏迷誤，明發更登歷。
笑謝桃源人，[七] 花紅復來覿。[八]

注釋

一　精舍：寺院。
二　緣：尋。
三　理：準備，整理。策：手杖。
四　朝梵：早上誦經。
五　道心：悟道之心。
六　瑤席：用瑤草編成的席子，語出《楚辭‧九歌‧東皇太一》。
七　桃源人：將僧人比作陶淵明所寫的桃花源中隱士。
八　覿（粵：狄，普：dí）：看。

　　這首詩的主旨是描寫詩人遊覽藍田山石門精舍的經過。讀者可以感受到王維在別墅時的輕快喜悅之感。全詩也有很多與佛教相關的關鍵字詞，例如屬於外物的精舍、朝梵；屬於抽象佛教義理的如道心，還有人物如「桃源人」所借代指的僧侶，可謂構成了一個圓滿的佛教天地。其中「瑤席」一典，雖然《楚辭》本來沒有佛教含意，但王維愛用《楚辭》典故，是成為結合古典文學傳統和佛教思想的一種方法。

　　至於最後一類含蓄地表達嚮往解脫之心的詩作，我們不妨看看〈答裴迪輞口遇雨憶終南山之作〉這首短詩：

　　　　淼淼寒流廣，¹蒼蒼秋雨晦。²
　　　　君問終南山，³心知白雲外。

注釋

一　淼淼（粵：邈，普：miǎo）：水勢廣闊無際的樣子。
二　蒼蒼：深青色。一説大貌，以對上之「淼淼」。

三 終南山：主峰在今陝西省長安縣南，古時亦用作秦嶺諸山的總稱。741年，王維四十一歲，自嶺南道（轄境包含今兩廣地區大部）外任後北歸長安，是年起一度隱居終南山，修佛養性，後復徵召出仕（參見據陳鐵民〈王維年譜〉）。

為何詩人說修行成佛的地方在白雲之外呢？其實，這正呼應《維摩詰經》所說的：「是身如浮雲，須臾變滅。」發現人生短暫如白雲以後，才能達到白雲之外的解脫之處。

小　結

　　佛教自一開始傳入中國，伴隨着佛經的翻譯，對中國文學的影響也愈來愈大。中國的僧人也積極利用文學的形式弘揚教義，魯迅就曾指出，從晉代到隋朝，不少講述因果報應故事的「釋氏輔教之書」如《冤魂志》之類，就是小說創作的最初階段。到了唐代，除了詩歌深受佛教的影響，更有僧人利用說唱即「俗講」，以及其底本「講經文」（形式上有「經、白、唱」三段，與其相似的變文則一般僅有「白、唱」二段，並無佛經的引文或解說）來傳播佛教。這些韻文散文結合的形式，推動了如變文、寶卷、鼓詞等佛教文學的發展，更為中國古代小說帶來了很多新的話題、風格、人物、意象等材料，促進了中國小說和戲曲的發展（如傳奇、雜劇、章回小說等）。佛教思想也給中國詩歌帶來了很多新的啟發。中國的詩人如謝靈運、孟浩然、王維、白居易、蘇軾等等都寫了不少涉及到佛理的作品。

　　最微妙的影響是連繫到古代中國的世界觀，比如對大自然、山水、道德的一些基本看法。在這方面，佛教徒和非佛教徒都同樣受影響，上引王維詩的「白雲」就是其中一例。佛教傳入中國以後，連天空裏白雲的精神內涵都好像發生了變化。

中國文學的魅力：一位漢學家眼中的古典文學

本章參考書目

胡適：《白話文學史》。長沙：岳麓書社，1986 年。

孫昌武：《中國佛教文化史》（全五冊）。北京：中華書局，2010 年。

陳引馳、林曉光譯注：《新譯維摩詰經》。臺北：三民書局，2005 年。

陳鐵民校注：《王維集校注》（全四冊）。北京：中華書局，1997 年。

陳偉強：〈石壁精舍，江中孤嶼——謝靈運的頓悟山水〉。收入劉楚華編：《中國文學風景》（香港：匯智出版，2018 年），頁 80—93。

Yu, Pauline. *The Poetry of Wang Wei: New Translations and Commentary.* Bloomington: Indiana University Press, 1980.

專題研習

1. 王維詩確實經常涉及到佛教的內容。可是王維詩，例如〈藍田山石門精舍〉，也利用「瑤席」等出自《楚辭》的詞語、陶淵明的桃花源典故等等。佛教理論上不應該崇拜〈九歌〉裏的神靈，而且桃花源本來比較適合道家思想。佛教信仰畢竟與中國文學傳統能順利結合起來嗎？有沒有衝突？

2. 王維〈答裴迪輞口遇雨憶終南山之作〉一詩到底有沒有佛教的含意，尚有爭議。除了宗教以外，還可以從哪些其他角度來解讀這首詩？會與佛教的解讀有衝突嗎？

> 淼淼寒流廣，蒼蒼秋雨晦。
> 君問終南山，心知白雲外。

第十章

花卉

　　文學作品本來就包含很多不同的層次，可以從很多不同的角度去閱讀，包括字義、字音、創作背景等等。連文學作品中的「花卉」這樣很簡單的、普通的詞語也是如此：可以看成植物本身，可以看成典故，也可以探討其宗教、哲學意義等等。[1]

　　文學作品的內容通常由眾多的「意象」構成的，而花卉是其中之一。意象概念特別複雜的原因是它處於形式和內容之間。研究「意象」本身屬於一種純粹的哲學，就是研究萬物，而詩歌意象的具體用法是由很多條件來決定的，包括作家的個人背景、文學傳統、美學趣向等等。

　　意象是比較廣的術語。它屬於「概念」的範疇，只是相對來說比較具體的概念（所以「王權主義」只是概念而不是意象；王冠同樣是概念，也是意象）。但是文學意象可以再去更詳細地區分。例如，《詩經》的自然植物和其他的意象按照傳統的說法都可以分成賦、比、或興。按照西方的說法，有的意象可以稱為「比喻」，因為詩人以此物來「比」

1　哲學家英家登（Roman Ingarden）認為文學作品是以四個不同層次來構成的，即：語音層次、語義層次、內容層次、外觀層次（形式）。

彼物。所以比喻是一類「意象」。如果再去分析比喻，我們
會發現至少有兩種，及「明喻」和「暗喻」。意象本身是很
廣大的範疇，裏面包含很多狹窄的自類別。雖然如此，它
給文學史起很大的作用。

「意象」的定義

　　提起「意象」，很多人會想到西方於 1909 年至 1917 年
之間盛行的一個詩歌流派：「意象派」。他們的代表人物有
愛米・羅威（Amy Lowell）、龐德（Ezra Pound）等人。對
他們來說，意象，是詩最基本的單位。而意象的定義，則
是：「凡是文字在閱讀中引起圖畫般的形象思維，都叫意
象。」[2] 可見，意象是指詩人用來喚起讀者感官經驗的物象。

2　張錯：《西洋文學術語手冊 —— 文學詮釋舉隅》（臺北：書林出版，
　　2006 年），頁 134，「意象」條。

「意象派」希望建立一個怎樣的詩觀呢？這一點可以從龐德探討「學問的新方法」（New Method in Scholarship）的一文觀察得到：「我想我要討論的這個方法並不是我發現的。這個方法只是尚未普遍運用，尚未清楚地或特意地歸結出來罷了……這個方法叫做『鮮明的細節』（Luminous Detail）；過去的方法是情感與一般性的描述，時下流行的方法是大量堆砌細節。我這個方法是專門與它們作對的」，而這種呈現的方法，指「不作任何說明」[3] 所以說，他們意象派主張把自己的情緒全部隱藏在意象背後，通過意象將它們暗示出來。

如此說來，「意象」這個觀念算是西方的舶來品嗎？當然不是。在中國古代的文獻中，已經有「意象」這個詞，不過它的意思不完全等同西方所謂的「意象」。根據袁行霈的說法，中國古代的「意象」有幾個不同的用法，例如劉勰在《文心雕龍》中說到：「獨照之匠，闚意象而運斤」，姜夔〈念奴嬌序〉：「意象幽閒，不類人境。」等等。

第一個意思指意中之象。例如《文心雕龍·神思》：「使玄解之宰，尋聲律而定墨；獨照之匠，闚意象而運斤。此蓋馭敍文之首術，謀篇之大端」；司空圖《詩品·縝密》：「是有真迹，如不可知。意象欲出，造化已奇。」

袁行霈教授如此總結道：

3　文章原題 "I Gather the Limbs of Osiris: A Rather Dull Introduction"，中文節譯引自鄭樹森：〈俳句、中國詩與龐德〉，見氏著：《奧菲爾斯德變奏》（香港：素葉出版社，1979 年），頁 74。

　　如上所述，在古代，意象這個概念雖被廣泛使用，卻沒有確定的含義。我們不可能從古人的用例中歸納出一個明確的定義。但是，把意和象這兩個字連在一起而形成的這個詞，又讓我們覺得它所表示的概念是其他概念所不能替代的，借助它可以比較方便地揭示出中國古代詩歌藝術中某種規律性的東西。[4]

　　雖然說古人使用這個詞語的時候沒有賦予它明確的定義，不過我們以後見之明，當然可以將古人使用「意象」這個術語時牽涉的意思加以整理、歸納。

　　袁教授認為前人「儘管有種種不同的用法，但有一點是共同的，就是必須呈現為象。那種純概念的說理，直抒胸臆的抒情，都不能構成意象。因此可以說，意象賴以存在的要素是象，是物象。」至於如何具體地將物象加入主觀的審美經驗，轉化成意象作為考察的例子，可以看看以下《詩經》中的花。

4　袁行霈：〈中國古典詩歌的意象〉，見氏著：《中國詩歌藝術研究》（北京：北京大學出版社，2009 年），頁 53。

詩歌中的花意象

古典詩詞專家葉嘉瑩在一篇論文〈幾首詠花的詩和一些有關詩歌的話〉中曾分析花卉意象的吸引力：

至於「花」之所以能成為感人之物中最重要的一種，第一個極淺明的原因，當然是因為花的顏色、香氣、姿態，都最具有引人之力，人自花所得的意象既最鮮明，所以由花所觸發的聯想也最豐富。此外還有一個重要的原因，我以為則是因為花所予人的生命感最深切也最完整的緣故。無生之物的風、雲、月、露，固然不能與之相提並論，有生之物的禽、鳥、蟲、魚，似乎也不能與之等視齊觀。因為風、雲、月、露的變幻，雖或者與人之生命的某一點某一面有相似而足以喚起感應之處，但它們終是無生之物，與人之間的距離，畢竟較為疏遠。至於禽、鳥、蟲、魚等有生之物，與人的距離自然較為切近。但過近的距離又往往會使人對之生一種現實的利害得失之念，因而乃不免損及美感的聯想。而花則介於二者之間，所以能保有一恰到好處的適當之距離……更何況「花」從生長到凋落的過程又是如此明顯而迅

速，大有如《桃花扇・餘韻・哀江南》一套曲辭
中所寫的「眼看他起朱樓，眼看他讌賓客，眼
看他樓塌了」的意味。人之生死，事之成敗，
物之盛衰，都可以納入「花」這一個短小的縮
寫之中。

然後，她用這樣方法將《詩經》的兩首詩進行對比，
說明花卉意象內涵的不同面向，第一首〈周南・桃夭〉：

> 桃之夭夭，灼灼其華。
> 之子于歸，宜其室家。

> 桃之夭夭，有蕡其實。
> 之子于歸，宜其家室。

> 桃之夭夭，其葉蓁蓁。
> 之子于歸，宜其家人。

同書〈小雅・苕之華〉：

> 苕之華，芸其黃矣。
> 心之憂矣，維其傷矣。

> 苕之華，其葉青青。

知我如此，不如無生。

牂羊墳首，三星在罶。
人可以食，鮮可以飽。

〈桃夭〉以盛開的桃花來象徵遠嫁他邦的年輕女子，〈苕之華〉描寫凌霄花由盛到衰的過程，隱約呼應人在亂世的命運。

葉嘉瑩教授指出，這兩首表現的是「懸殊迥異的兩種情調」。[5] 第一首能使讀者感受到人生中所有歡樂的積極的情感，而第二首：「對於花，我也覺得枝頭上憔悴黯淡的花朵，較之被狂風吹落的滿地繁紅更加使人難堪。後者雖使人對其夭亡深懷惋惜，而前者則使人清清楚楚地認識到生命由盛而衰，由衰而滅的殘酷事實。後者尚屬可避免之偶然的意外，前者則是不可逃避的一切生物之終結的定命。因而面對着這憔悴將落的芸黃的苕華，這生於衰亂之世、深感人生之悲苦無常的詩人，遂發出了極深長的嘆息。」[6]

這個對比很有意義，可以使我們明白文學中意象的一個很有趣的特徵：意象所包含的象徵意義並不是統一的。本來我們可能會以為，花是自然美的最好象徵，這種涵義

5　葉嘉瑩：〈幾首詠花的詩和一些有關詩歌的話〉，載氏著：《迦陵論詩叢稿》（臺北：大塊文化，2002年），頁167。

6　同上注，頁169。

| 凌霄花

　的確是花在文學中的第一義。「桃之夭夭」就可以這樣理解。正因為花是植物最繁盛的標誌，也可以延伸到其他的涵義，如年輕女子出嫁時像桃花一樣。所以花卉、青年、戀愛等等都可以很自然而然地看成桃花的延伸意義。

　　不過，葉教授的講解特別精彩的地方是說明第二首詩的內在邏輯。一想到花朵將來要由盛轉衰的殘酷事實，我們就會想到人類的必然命運，即大家都同樣會經歷由盛而衰的歷史過程。一提到「苕之華」，讀者就自然想到花朵終究會憔悴零落，正如生活於世間的詩人和讀者同樣不能避免死亡的定命。另外，我們可以注意到這兩種花朵本來就不一樣。桃花和凌霄花在這兩首詩中的不同涵義也許能反映詩人對不同植物的印象。

　　這意味着「苕之華」這個意象必然暗示着悲觀的心情嗎？這樣說也太簡單。我們要記住的是，一種事物用在文學作品時，它的涵義就會產生變化，會從客觀的事物變成語言構成的詩歌意象，然後其具體涵義要聯繫作品的上下文才能決定。花卉意象本身跟春天、青年、女性、美麗、愛情等概念互相有關連，但是在上述的作品之中，花卉意象有不一樣的內涵投射。

天女散花

這種象徵涵義的變化最典型的例子是王維寫大自然的詩歌。正如前一章介紹過的王維，他被稱為「詩佛」，很多作品的語言簡樸，卻似乎隱藏着深奧的佛理。尤其是王維在他的別墅輞川（今陝西藍田縣）寫的〈輞川集〉，是由二十首絕句構成的一組詩。第十八首叫〈辛夷塢〉：

> 木末芙蓉花，山中發紅萼。
> 澗戶寂無人，紛紛開且落。

因為萼、落是入聲韻，所以我們應該用粵語唸才能讀出韻味。第一個問題是辛夷花和芙蓉花的關係。這首絕句描寫的是開滿山坡的辛夷花，也叫木蘭花。第一句將辛夷花比作蓮花——我們知道芙蓉本來只有蓮花的意思，而且在唐代芙蓉一般不指木芙蓉，所以是用本義。王維是故意將辛夷花和蓮花的界線加以模糊，要知道這一句也包含一個典故，即《楚辭‧九歌‧湘君》中的：「采薜荔兮水中，搴芙蓉兮木末」，句意是說找到我所愛的人難如在樹上採蓮。本詩第二句將描寫的鏡頭拉開，把樹和花放在更大的山水背景下欣賞。第三句直接否定有人類的主體在看，這是王維特別喜歡用的手法。第四句回到自然的循環，不管有沒有人在看，花卉還是繼續開着落着。

這首詩的每一句都可以看成實際的描寫，表面上好像

| 辛夷花 / 木蘭花

| 蓮花 / 荷花 / 水芙蓉

| 木芙蓉

沒有提到甚麼哲學概念。不過，這些意象的組合往往會引起讀者的聯想，想努力發掘更深層的意義。一個很普遍的讀法是用佛教的禪宗思想解讀。愛讀王維詩的人經常用一些佛教概念，特別是禪宗的概念，去解讀他的作品。比如南宋詩人劉辰翁（1232—1297）評〈辛夷塢〉說「其意亦欲不着一字，漸可語禪」；明代批評家胡應麟（1551—1602）也稱讚過這首詩為「五言絕之入禪者」。

其實，在王維的時代，禪宗還在發展之中，所以後人比較熟悉的禪宗思想不可能影響到王維；事實可能恰恰相反：很可能是王維給禪宗帶來了影響。澳門大學的賈晉華教授曾經發表過一篇題為〈試論王維對禪宗的反影響〉的論文，指出：

王維在南宗禪尚處於劣勢的情況下，應神會之請撰寫〈能禪師碑〉，幫助南宗爭正統；在「平常心是道」的洪州禪興起之前，已採取了自然任運、觸處即真的悟道態度；在凝煉雋永、富於詩意的機鋒、公案出現之前，已寫出了眾多飽含禪意、含蓄沖淡的山水寫景詩。這些對於南宗禪勢力的擴大，禪悟方式、表達手段的變化，都可能產生一定的影響。[7]

其實，宋元明清詩話裏面談到的王維詩中的禪理也應該這樣理解：後人已經熟悉宋代禪宗，依靠禪理來解讀王維詩，是很自然的文化現象。但現在從學術角度看，這個解讀方法在一定程度上缺乏歷史性。

因此，王維的詩歌所反映的佛教思想，與其說是禪宗，不如說是大乘佛教的「空」（梵文 śūnyatā），即認為萬物都缺乏實際存在。王維在他的佛教文章中經常用花這一意象說明世界的空虛。比如他喜歡用「空花」這個詞，這是《楞伽經》的典故，原意是「隱現於病眼者視覺中的繁花狀虛影」。在〈能禪師碑〉的序文中他曾說過：「妄繫空花之狂，曾非慧日之咎」。王維也很喜歡《維摩詰經》中「天女散花」這個故事：

7　賈晉華：〈試論王維對禪宗的反影響〉，《文學遺產》1991 年第 4 期，頁 46。

時維摩詰室有一天女,見諸大人聞所說法,便現其身,即以天華(即花),散諸菩薩、大弟子上。華至諸菩薩,即皆墮落,至大弟子,便着不墮。

這裏花可以象徵世界的附着,花不會依附已經達到覺悟的菩薩,只會依附在弟子的衣服上。在《維摩詰經》中這個天女也能變化成男人的身體,這一類寓言的意義在於,我們對這個世界的印象都是錯覺,因此很容易發生變化。在王維看來,花也是能闡發這些道理的筌蹄。

但在大乘佛教中觀派的教義,現象一方面是空虛的,另一方面也同時是實在的。王維在一些作品中便從佛教的角度,稱讚花的視覺美。比如他說在西方淨土,「迦陵欲語,曼陁未落」(〈西方變畫讚〉)。王維在一篇很美的序文〈薦福寺光師房花藥詩序〉中,有這樣的說明:

心舍于有無,眼界于色空,皆幻也,離亦幻也。至人者不捨幻,而過于色空有無之際。故目可塵也,而心未始同;心不世也,而身未嘗物。物者方酌我于無垠之域,亦已殆矣!

在下文中,他讚美自己的業師道光法師的花園:

卻坐一面,則流芳忽起,雜英亂飛。焚香

不俟于旃檀，散花奚取於優鉢？……道無不
在，物何足忘？

就是説，花是前兆，暗示着達到彼岸後的極樂狀態，
也是提示物，説明物質美都是虛假的錯覺。在王維詩中花
也有一些很實際的功能，例如報時，王維的一首詩説：「欲
知禪坐久，行路長春芳。」（〈過福禪師蘭若〉）花在王維
詩文中是多功能的意象，很適合表達那個時代的佛教思想。

隋唐的佛教思想建立在中觀派的基礎上，能包容很多
悖論甚至自相矛盾的説法。跟後代的禪宗思想比較，天台
宗、華嚴宗等思想還運用了很多哲學論證。中觀派特別重
視象徵和現實、虛幻和永恆之間的辯證。視覺美和空的意
識之間不一定有矛盾。

有趣的是，《詩經》和王維詩歌創作時代相差超過一千
年，思想內涵截然不同，對花這一意象的具體用法也不相
似。可是，我們還是能看出一個相似的地方，那就是一方
面欣賞花卉的魅力，而同時也意識到魅力本身暗示着相反
的意思，即人生的無常。

宋代詠花詞的演變

至於在北宋才開始蓬勃發展的詞，不少作品也與花卉
有密切的關係。大體而言，這些吟詠花卉的詞作在整個南

北宋時期，經歷了一個寫作範式的演變過程。以北宋前期的作品為例，晏殊〈睿恩新〉：「紅絲一曲傍階砌。珠露下、獨呈纖麗。剪鮫綃、碎作香英，分彩線、簇成嬌蕊」；歐陽修〈漁家傲〉：「葉重如將青玉亞，花輕疑是紅綃掛」；宋祁〈蝶戀花〉：「雨過蒲萄新漲綠。蒼玉盤傾，墮碎珠千斛」，都是以花為主題，讀者不難察覺詞作重點落在對物象的形態描寫，可見當時的詞人「審美趣味在於事物的色彩、形狀、結構等外在因素」，「表示能引起身心愉悅甚至單純刺激感官興奮的感性的綺麗美，缺乏對事物內在特性的把握和揭示」。[8] 到了南宋時期，以上的寫作方式開始有了轉變，可以陸游的〈卜算子·詠梅〉為例說明。詞曰：

> 驛外斷橋邊，寂寞開無主。已是黃昏獨自愁，更着風和雨。
> 無意苦爭春，一任群芳妒。零落成泥碾作塵，只有香如故。

陸游愛梅，其詠梅詩詞，合計多達百首，常託物言志，以梅自況。此首〈卜算子·詠梅〉亦然，即以梅之孤高喻己之操守風骨，顯現梅之高格勁節，託喻作者自甘寂寞、不畏打擊、不慕榮利之精神。換言之，作者將自己的感情，主觀投射至梅花這一客觀的物象之上，透過作品有

8　許伯卿：《宋詞題材研究》（北京：中華書局，2007），頁 131。

機的安排，突出他希望傳達的主旨。由於當時對關心社會的詞作主題之重視，詞人亦轉以詠物自況，在作品中樹立個人的社會形象。[9]

　　當然，他這種安排，在中國傳統社會的讀者看來，是非常自然的，理由是，梅花在中國人眼中，擁有特定的意涵，即代表風骨、氣節，正如紅色在中國人眼中，一般是喜慶的代表。就像桃花意象從《詩經》以來一直代表着美好的事物，這一種事物與意義之間的特定連結，正是所謂「文化符碼」(cultural code)，指在中國特定的歷史脈絡和文化背景中，某些景物會被賦予一類特定的涵義。例如松柏代表長青、永恆、不朽，菊花代表隱士、君子、高潔等等。

　　雖然有這些文化符碼，可是在一些文學作品之中，作者可以自己盡情發揮。如前所述，梅花是一種「文化符碼」，代表風骨、氣節。陸游於上引詞作中極力描寫梅花身處的境況及其品格。由於讀者和作者擁有此一文化認知，所以時人於字裏行間即可感受到詞作背後乃是以梅花自況。首先，詞人以外在環境突出梅花身處之景況，例如地點：「驛外斷橋邊」。「外」，指其寂寞；「斷」，指其無主，呼應下句「寂寞開無主」。時間即謂「已是黃昏」，渲染其落寞氛圍，呼應「獨自愁」。環境即謂「更着風和雨」，更

9　西方漢學家之中，耶魯大學教授傅漢思（Hans Frankel, 1916－2003）特別重視梅的書寫，有 "The Plum Tree in Chinese Poetry," *Asiatische Studien* 6 (1952): 88－115; *The Flowering Plum and the Palace Lady* (New Haven: Yale University Press) 等相關著作。

顯出身處所在之惡劣。至於人事即謂「一任群芳妒」，凸顯
其糾葛於周遭爭春之百花。故表面上句句寫梅，實則句句
寫己，即元代散曲家景元啟所謂「梅花是我，我是梅花」。
上片，陸游將自身情感投射到梅花這一客觀景物上，是故
有「寂寞開無主」一句情語，以帶有主觀感情的字詞，刻
畫梅花形象，融情入景。下片，以「爭春」、「妒」之行為
暗喻人事，物與人交織在一起。「零落成泥碾作塵」細密刻
畫梅花消散的過程，末句「只有香如故」一轉之前悲慘處
境，比而兼興，拔高以「勁節」立論收結，既詠梅，又能
自況。雖然以詞書寫自我，卻沒有一字一句外露，收含蓄
之效。即清人周濟《宋四家詞選‧目錄序論》云：「非寄託
不入，專寄託不出」，表面看似沒有寄託，實則寄託已全在
其中。[10] 這種「人物合一」的寫作範式，在陸游其時及之後，
漸成主流。

　　在南宋詞中，詠物主題達到了高峰，各種花卉都成
了詠物詞的描寫對象。詠物詞也擁有了特別寬闊的寫作空
間。尤其是以密麗風格著稱的詞人吳文英（約 1212— 約
1272），將複雜的感情和大量文學典故融合成詠物詞，在一

10　類似見解亦見近人唐圭璋先生的《唐宋詞簡釋》（北京：人民文學出
　　版社，2010 年），其書論此詞云：「此首詠梅，取神不取貌，梅之高
　　格勁節，皆能顯出。起言梅開之處，驛外斷橋，不在乎玉堂金屋；
　　寂寞自開，不同乎浮花浪蕊。次言梅開之時，又具黃昏，又具風雨交
　　加，梅之遭遇如此，故惟有獨自生愁耳。下片，說明不與群芳爭春之
　　意，『零落』兩句，更揭出梅之真性，深刻無匹。詠梅即以自喻，與
　　東坡詠鴻同意。」（頁 156）

朵花背後隱含了人生的悲歡離合和歷史的盛衰興亡。以這首〈丁香結・夷則商秋日海棠〉（一題〈丁香結・賦小春海棠〉）為例：

> 香裊紅霏，影高銀燭，曾縱夜遊濃醉。
> 正錦溫瓊膩。
> 被燕踏、暖雪驚翻庭砌。
> 馬嘶人散後，秋風換、故園夢裏。
> 吳霜融曉，陡覺暗動偷春花意。
>
> 還似。
> 海霧冷仙山，喚覺環兒半睡。
> 淺薄朱唇，嬌羞艷色，自傷時背。
> 簾外寒掛澹月，向立鞦韆地。
> 懷春情不斷，猶帶相思舊子。

海棠秋天開花（題中的「小春」為「小陽春」之略。按：古時十月天氣多暖，有桃李生花，遂有「陽月」之稱，俗稱小陽春），但是總會讓人懷念春天。這種時間錯亂的效果並不正常：「偷春花意」，「自傷時背」。但是在情感的世界中都是相對的。一個季節過去了以後，我們對它的意識就更敏銳。花卉意象與春天的聯想是不變的，但是某一個意象裏面還可以包含與之相反的深一層含義，可以間接地從秋天的立場暗示懷春與相思之情。

《紅樓夢》中的花意象

《紅樓夢》是中國文學的集大成者，將自古以來形成的文學技巧和創作習慣融合成一部偉大的小說。這種成就可以從無數個不同的方面去理解。在作品蘊含的眾多層次中，我們至少可以留意以下幾個層次：神話色彩、性別轉換、敘事技巧、跨文類性、意象妙用。

例如第一回提到了我們第六章討論過的神話故事：「原來女媧氏煉石補天之時……」。曹雪芹採用這則神話可以產生多種效果，如強調整個故事是虛構的，更重要的是，他刻意選擇女媧會使讀者開始注意到《紅樓夢》主要人物幾乎都是女性，連賈寶玉也這樣說：

> 「女兒是水作的骨肉，男人是泥作的骨肉。
> 我見了女兒，我便清爽；見了男子，便覺濁臭
> 逼人！」（第二回）
> 「奇怪，奇怪，怎麼這些人只一嫁了漢子，
> 染了男人的氣味，就這樣混賬起來，比男人更
> 可殺了！」（第七十七回）

雖然作家是男性，但是骨子裏眼光還是珍重女性，這是《紅樓夢》很重要的特點之一。中國文學傳統內可以產生這樣的作品，足以讓我們反思清代以前的文學傳統裏涉及到女性的部分（如首幾章介紹的《詩經》）。

《紅樓夢》能將這些非常深刻的概念（神話、性別）寫成很好看的小說，有賴於作家利用各種敍事技巧：對人物形象的豐滿描寫（尤其是對話描寫，還包含人物的服裝、創作等）；人物之間的對照（薛寶釵／林黛玉、寧國府／榮國府、金陵十二釵）；一些重複的意象主題，如鏡子、玉石、花卉等；以及，跨文類的結構：賦詩、填詞、謎語等。

最後一點經常被忽視。《紅樓夢》雖然是「小說」，但它本身只是一本書，沒有固定的「文類」。今天的學者將這個跨文類的文本分類為西方文論意義下的小說（novel），其實這就使《紅樓夢》本身具有的跨文類特點與這些西方文論的概念之間產生了一定的衝突。

在《紅樓夢》第六十三回「掣花籤」情節中，幾個人物都被定為某一種花，例如黛玉為芙蓉，史湘雲為海棠花等，曾有《紅樓評夢》等評書系統地將所有的女性人物都各自配成花。而書中最精彩的花卉比喻應該算是林黛玉的〈葬花吟〉，出現在第二十七回的一首詩歌。將〈葬花吟〉放到本回目並聯繫上下文看，就能欣賞到曹雪芹敍事的巧妙。第二十七回開頭描繪了林黛玉很寂寞的樣子，「兩手抱着膝，眼睛含着淚」。這段繼承上一回的故事，然後闡述一系列好玩的事情，涉及到紅玉、墜兒等丫鬟。適值祭祀花神的芒種節，大觀園中大家互相拜訪、互贈禮物、欣賞暮春時節的花朵。薛寶釵追蝴蝶；王熙鳳覺得紅玉很聰明，後來想讓她做自己的丫鬟；探春和寶玉談鞋子。可是最後故事回到林黛玉，說她看到了一些落花，收拾後將它們埋

葬，然後唱起無盡悲傷的〈葬花吟〉。本章表現出很強烈的對比意識：丫鬟和貴族、樂觀和悲觀。同一個季節，有的人物想佔來便宜，有的只在乎玩樂，最後由林黛玉追悼花朵必然掉落、由盛而衰的命運。通過各人對季節的反應也能看出各個人物的性格。最後林黛玉就以花為喻，用〈葬花吟〉悲嘆世界的無常，也悲嘆自己。

第二十七回先介紹孤獨的林黛玉：

> 話說林黛玉正自悲泣，忽聽院門響處，只見寶釵出來了，寶玉襲人一群人送了出來。待要上去問着寶玉，又恐當着眾人問羞了寶玉不便，因而閃過一旁，讓寶釵去了，寶玉等進去關了門，方轉過來，猶望着門灑了幾點淚。自覺無味，方轉身回來，無精打彩的卸了殘妝。

主要的話題為慶祝芒種節。還有一些比較滑稽的情節，例如圍繞着薛寶釵這位聰明的女主角偷聽兩個丫鬟紅玉和墜兒的對話：

> 寶釵在亭外聽見說話，便煞住腳往裏細聽，只聽說道：「你瞧瞧這手帕子，果然是你丟的那塊，你就拿着；要不是，就還芸二爺去。」又有一人說話：「可不是我那塊！拿來給我罷。」又聽道：「你拿甚麼謝我呢？難道白尋了來不

成。」又答道：「我既許了謝你，自然不哄你。」
又聽說道：「我尋了來給你，自然謝我；但只是
揀的人，你就不拿甚麼謝他？」又回道：「你別
胡說。他是個爺們家，揀了我的東西，自然該
還的。我拿甚麼謝他呢？」又聽說道：「你不謝
他，我怎麼回他呢？況且他再三再四的和我說
了，若沒謝的，不許我給你呢。」半晌，又聽
答道：「也罷，拿我這個給他，算謝他的罷。——
你要告訴別人呢？須說個誓來。」又聽說道：「我
要告訴一個人，就長一個疔，日後不得好死！」
又聽說道：「噯呀！咱們只顧說話，看有人來悄
悄在外頭聽見。不如把這子都推開了，便是有
人見咱們在這裏，他們只當我們說頑話呢。若
走到跟前，咱們也看的見，就別說了。」

可是，這些大觀園中的情節主要是用來對照
（counterpoint），因為本回最後回到林黛玉的悲狀。這種敍
事結構可以稱為循環結構（cyclical structure），從黛玉開
始，最後還回到黛玉：

　　將已到了花塚，猶未轉過山坡，只聽山坡
那邊有嗚咽之聲，一行數落着，哭的好不傷
感。寶玉心下想道：「這不知是那房裏的丫頭，

受了委曲，跑到這個地方來哭。」一面想，一面煞住腳步，聽他哭道是：

「花謝花飛花滿天，紅消香斷有誰憐？

游絲軟繫飄春榭，落絮輕沾撲繡簾。

閨中女兒惜春暮，愁緒滿懷無釋處，

手把花鋤出繡閨，忍踏落花來復去。

柳絲榆莢自芳菲，不管桃飄與李飛。

桃李明年能再發，明年閨中知有誰？

三月香巢已壘成，樑間燕子太無情！

明年花發雖可啄，卻不道人去樑空巢也傾。

一年三百六十日，風刀霜劍嚴相逼，

明媚鮮妍能幾時，一朝飄泊難尋覓。

花開易見落難尋，階前悶殺葬花人，

獨倚花鋤淚暗灑，灑上空枝見血痕。

杜鵑無語正黃昏，荷鋤歸去掩重門。

青燈照壁人初睡，冷雨敲窗被未溫。

怪奴底事倍傷神，半為憐春半惱春：

憐春忽至惱忽去，至又無言去不聞。

昨宵庭外悲歌發，知是花魂與鳥魂？

花魂鳥魂總難留，鳥自無言花自羞。

願奴脅下生雙翼，隨花飛到天盡頭。

天盡頭，何處有香丘？

未若錦囊收艷骨，一抔淨土掩風流。

質本潔來還潔去，強於污淖陷渠溝。

爾今死去儂收葬，未卜儂身何日喪？

儂今葬花人笑痴，他年葬儂知是誰？

試看春殘花漸落，便是紅顏老死時。

一朝春盡紅顏老，花落人亡兩不知！」

寶玉聽了不覺痴倒。要知端詳，且聽下回

分解。

〈葬花吟〉屬於歌行體，雖然基本上是七言詩，但是
也有短句和長句夾在一起，給人特別活潑吸引人的印象。
押韻的的安排也很突出。前部分可以按照韻腳分成五個絕
句。中間面對比較嚴重的話題，提到無語的杜鵑鳥和黛玉
本人的心裏痛苦。杜鵑，正如在前面曾介紹過，按照古代
的神話是蜀望帝杜宇的化身。他的王后與他親友同見以
後，他化成杜鵑（或稱子歸），涕血染樹枝，稱為杜鵑花。
這部分的韻腳為「人」、「春」、「魂」等都稱為一個很自然
的單元。下一部分重新從「花魂鳥魂」出發。鳥和花和年
輕人的愛情都是美麗而短暫的東西。鳥和花都能飛到異方
而逃避現實，黛玉這位女子卻不能，所以她只能預期自己
的死亡，為別人給她埋葬而祈禱。

整首詩可以說是唐朝〈春江花月夜〉的鏡像；兩首
都將愛情和自然世界都寫成一體，而且利用頂真體用得很
妙。例如「半為憐春半惱春：憐春忽至惱忽去」裏面的轉
折能包含黛玉心理的無限痛苦和折磨。只是〈葬花吟〉的

氣氛當然是非常悲觀的。它寫的全是花，但是每一句的主題又是死亡。花卉意象本身跟春天、青年、女性、美麗、愛情等概念互有關連，但是在上述的作品中也有不一樣的內涵投射。花卉雖然常使人聯想到女性，但是也有性別轉換的用法，可以作為男性相思或青年的象徵。每種文類利用花卉的方法不同，甚至《紅樓夢》裏面採用的不同文類，也有各自不同的表達。話雖如此，作家不能隨心所欲地改變花卉意象的內涵，因為最後還是得回到實物。

小　結

　　由此可見，中國文學經常運用不同的花卉作為意象，有時候會像王維那樣，傳達作者特有的佛教信息；有時候會像陸游那樣，運用讀者對某些花卉在傳統社會中的文化符碼內容，抒寫自己的寄託。兩者最大的分別，簡單來說，就是在花卉中灌注的信息與前人是否有所不同。如果沒有，則讀者能夠遵從傳統社會對該物象的文化信息，容易對文學作品進行解讀；如果是完全不同或者沒有前人吟詠過此花，則讀者需要對作品多方推敲。無論如何，任何種類的花卉都可以擁有很大的意義，因為這種很具體的意象還能使得讀者憶起一個普遍的道理：「試看春殘花漸落，便是紅顏老死時。」

本章參考書目

張錯：《西洋文學術語手冊——文學詮釋舉隅》。臺北：書林出版，2006 年。

袁行霈：〈中國古典詩歌的意象〉，載氏著：《中國詩歌藝術研究》（北京：
　北京大學出版社，2009 年），頁 50－64。

葉嘉瑩：〈幾首詠花的詩和一些有關詩歌的話〉，載氏著：《迦陵論詩叢稿》
　（臺北：大塊文化，2002 年），頁 165－184

賈晉華：〈試論王維對禪宗的反影響〉，《文學遺產》1991 年第 4 期，頁
　46－50。

唐圭璋選釋：《唐宋詞簡釋》。北京：人民文學出版社，2010 年。

鄭樹森：《奧菲爾斯德變奏》。香港：素葉出版社，1979 年。

Frankel, Hans. "The Plum Tree in Chinese Poetry." *Asiatische Studien* 6 (1952):
　88－115.

Frankel, Hans. *The Flowering Plum and the Palace Lady*. New Haven: Yale
　University Press, 1976.

專題研習

　　吳文英的詞作非常豐富，寫過各種各樣的花卉，例如這首〈解語花‧梅花〉，寫了宋朝特別受到推崇的梅花：

　　　　門橫皺碧，路入蒼煙，春近江南岸。暮寒如剪。臨溪影、一一半斜清淺。飛雲弄晚。蕩千里、暗香平遠。端正看、瓊樹三枝，總似蘭昌見。

　　　　酥瑩雲容夜暖。伴蘭翹清瘦，簫鳳柔婉。冷雲荒翠，幽棲久、無語暗申春怨。東風半面。料準擬、何郎詞卷、歡未闌、煙雨青黃，宜畫陰庭館。

試跟本章中吳文英詠海棠花那一首作比較，探討兩首詞之間的異同。可從形式方面分析，例如花卉的形象、歷史典故運用；也可從內容入手，例如想表達的感情。

第十一章 怨恨

怨恨與文學傳統

我們都喜歡欣賞文學的美麗；除非愛看美麗的文章，不然又怎麼會拿起這本書？我個人相信大多數的文學作品都是為了追求一種美而寫的。可是，文學還可以反映一些不同的價值觀和美學目的。這些目的多不勝數，其中特別重要的可以稱為「怨恨」：表達對個人的命運、對政治的黑暗、甚至對整個世界的不滿。

這樣的文學作品在西方當然也有。古希臘文學在這方面最突出，悲劇就是為了表達這樣的感情而寫的。舉一個比較完美的例子，我們不妨引用埃斯庫羅斯（Aeschylus）的悲劇《奠酒人》（*Choephoroi*）。這是他的「奧瑞斯提亞三部曲」（The Oresteia）的第二齣悲劇，背景是復仇的循環。伊里亞特戰爭之前，阿伽門農王被命令將自己的女兒用作犧牲品，才能得到順風往伊里亞特。阿伽門農的王后克勒泰涅斯特拉不認同這個選擇，當凱旋歸來後阿伽門農王被阿耳戈斯時殺死。然後阿伽門農的兩個孩子，兒子俄瑞斯特斯和女兒厄勒克特拉一起策劃復仇，將母親克勒泰涅斯

特拉跟她愛人阿耳戈斯一併殺死。

　　古希臘悲劇裏，除了主要人物以外，還有一個起着很大的戲劇作用的歌隊在《奠酒人》的開頭，女奴組成的歌隊預言悲劇中會發生的殘忍暴力：[1]

　　　　現在帶着於事無補的祭禮
　　　　　　我來此地祈禳災殃；
　　　　因為，大地母親啊，事到情急，
　　　　那神怒之人來央求和平與原諒。
　　　　那種話我怎敢出口？鮮血已浸
　　　　大地，哪裏找得到贖回的贖金？
　　　　啊，壁爐前災禍包藏隱伏；
　　　　啊，迅疾的毀滅包圍王族；
　　　　何等無光的黑暗裝進了靈柩，
　　　　因人們的憎惡而受到詛咒，
　　　　你這王族豪門，黯然無光，
　　　　是因為你的主人門的死亡？……
　　　　而我——天限嚴苛
　　　　圍困我城邦；將我
　　　　趕出家，淪為奴隸——

1　埃斯庫羅斯著，張熾恆譯：《希臘悲劇之父：全集 I》（臺北：書林出版，
　　2008 年），頁 133—35。

> 他們好言或惡聲，
> 我都是忍氣吞聲
> 畏權勢而啞然不語。
> 我在面紗後悲哭
> 合法主人的往昔，
> 這無言的憂傷猶如
> 冬日冰封的痛疾。

俄瑞斯特斯和厄勒克特拉對正義的渴望可以提醒我們讀者們不應該跟罪惡妥協。希臘悲劇是歐洲文學的高峰之一，話雖如此，我們在中國古典文學中也能找到跟希臘悲劇值得相提並論的文學傑作。

在整個中國文學史裏，「怨」與「恨」都經常出現。兩個名詞的意義很相似，都可以表示一種被冤枉而引起的嗟怨、甚至仇怨。只是怨可以強調悲傷的感情，而恨一般包含遺憾的成分。雖然古代詩人會用各種人物代言怨恨的主題（如被遺棄的宮女、被打敗的將軍等），但一般都會隱含自我指涉，因為古代的文人都有類似的感受：自己的才幹被統治者忽視或者否定。

從這角度看，中國文學最典型的恨人不是屈原而是伍子胥。雖然他不是詩人，不是作家，但司馬遷的《史記》仍然轉錄了其絕命詞：「必樹吾墓上以梓，令可以為器；而抉吾眼縣（即懸，古今字）吳東門之上，以觀越寇之入滅吳也。」這種精神上的復仇很有代表性。中國的文學家大

多很積極，會主張一種很值得讚賞的「先天下之憂而憂，後天下之樂而樂」的精神。可是，當這樣的計劃失敗，一切希望都幻滅的時候，他們的最後選擇是以語言來說出自己的苦惱，一直至死抱持一種不可磨滅的「怨恨」。

古典文學作品以文學傳統為工具與載體，來表達情懷與感想，如「詩言志」；即司馬遷所謂「發憤之所為作也，此人（按，指因失意而作詩、著書的前賢）皆意有所鬱結，不得通其道也，故述往事，思來者。」這種文學傳統的主要方向是保守的，政治意圖是支持皇權；但同時也包含被壓迫文人的抗議與憤怒之聲，所以政治內涵也有積極成分：痛苦和殘忍的事情都可以融進文學傳統裏面。古典文學的魅力體現在固定的傳統體裁和靈活的自我表現之間。怨恨主題不單是回顧性的，也是前瞻性的。以下，按時序將選取班婕妤〈怨歌行〉、江淹〈恨賦〉、白居易〈長恨歌〉和魯迅〈無題〉（或題〈悼柔石詩〉）作進一步的分析與說明。

班婕妤〈怨歌行〉

我們學習中國古典文學的時候，不得不注意到一個重要的事實：「五言詩」雖然起源於漢朝，但可以確定年代的作品卻很少，而其中特別重要的就是女性作家的〈怨歌行〉。比較而言，年代最早而流傳至今的四言詩是《詩經》中的祭祀詩；年代最早而還現存的短篇小說可能是歷史故

事。五言詩與怨恨主體一直有很密切的關係。

班婕妤，西漢女作家，名字不詳。她是史學家班固的祖姑，漢成帝的妃子（婕妤是漢朝女官名，字又寫作倢伃）。班婕妤為趙飛燕所譖，失寵，自求到長信宮侍奉皇太后。她的著作有五言樂府詩〈怨歌行〉、〈自悼賦〉、〈搗素賦〉。不過，漢朝五言詩還不成熟，因此也有學者懷疑〈怨歌行〉是偽作。現在，先讓我們看看〈怨歌行〉（收入《文選》李善注本卷二十七）：

> 新裂齊紈素，^一皎潔如霜雪。
> 裁為合歡扇，^二團團似明月。^三
> 出入君懷袖，動搖微風發。
> 常恐秋節至，涼風奪炎熱。
> 棄捐篋笥中，^四恩情中道絕。

注釋

一 裂：截斷。新裂，是說剛從織機上扯下來。素：生絹，精細的素叫做紈（粵：完，普：wán）。齊紈素，齊地所產的紈素品質最佳，故名。
二 合歡扇：繪有或繡有對稱花紋或圖案的扇。
三 團團：圓形貌。
四 篋笥：古人裝衣物的竹箱子。

沈德潛《古詩源》評此詩：「用意微婉，音韻和平。〈綠衣〉諸什，此其嗣響」，指出與〈綠衣〉和《詩經·邶風》裏相關作品一脈相承，試看其中「綠兮衣兮，綠衣黃裏。心

│〔明〕唐寅畫《班姬團扇》（附
　文徵明題識，現藏臺北故宮博
　物院）

之憂矣，曷維其已」數句，兩者都在平和沖淡中流露憂思，
哀而不傷。至如美國詩人龐德（Ezra Pound）（1885—1972）
「重譯」〈怨歌行〉，將詩作中合歡扇被人拋棄的這個比喻抓
住，翻譯如下：

> "Fan-Piece for Her Imperial Lord"
>
> O fan of white silk,
>
> clear as frost on the grass-blade,
>
> You also are laid aside.

當然，龐德其實不懂中文，他的翻譯，頂多是重寫這一首詩作而已。不過，也正好點出了〈怨歌行〉的技巧所在，即以扇自比，身為妃子，命運就好像一把扇，夏天一過，秋日來臨，就被棄置一旁。

江淹的〈恨賦〉

以上談及的是女性的怨恨，至於男性的怨恨，則可以江淹的〈恨賦〉為代表。江淹（444—505），十三歲喪父，家庭貧困，公元466年入建平王劉景素幕。劉景素擬叛亂時，江淹勸其不可而王不聽，反被貶到建安吳興（今福建浦城）。477年召回首都建康（今南京），此後一直受帝王重視，在劉宋、南齊、梁朝三代都在高位，任宣城太守、秘書監等職位。著作有〈雜體詩三十首〉、〈山中楚辭〉等模擬類作品；〈待罪江南思北歸賦〉、〈恨賦〉、〈別賦〉、〈泣賦〉等辭賦。

在魏晉南北朝，很多文學作品都圍繞某一個主題，從各方面入手進行全面的描述，如〈寡婦賦〉、〈月賦〉、〈海賦〉等等。江淹〈恨賦〉通過六個歷史人物（秦始皇嬴政、趙幽繆王遷、李陵、王昭君、馮衍、嵇康）抒寫「恨」類感情，同時也表述自己的心情。這篇文章，可說是將歷史、文學傳統、詩歌意象、感情都融合為一。

按〈恨賦〉簡單而言有幾個特色：在內容上，它表達

對人類苦楚的憐憫，以模擬六個歷史人物的口吻，抒發男女即全人類共同的情感；在形式上，它有序言和結尾，雖然句式主要是四言，但格律靈活；在技巧上，整篇文章有不少文學／歷史典故，作者也善用換喻、對仗、交錯等手法吸引讀者。以下將詳細就以上各點逐一分析說明。

江淹在這首賦的前後加插了序言和結尾，可以說是敍述者直接現身陳述的段落，例如序言云：

> 試望平原，蔓草縈骨，拱木斂魂。
> 人生到此，天道寧論。
> 於是
> 僕本恨人，心驚不已。
> 直念古者，伏恨而死。

拱木，即粗細約當兩手合抱的樹木，此處指墓地，即古戰場。文章一開首即以交代敍述者眺望古戰場的蒼涼而起興。（當然，實際上江淹是否去過古戰場，那是另一個問題。）其後數句，即直接寫出自己的情緒，所謂「直念古者，伏恨而死。」伏恨，即抱恨，預留伏筆，開啟下文描寫六個抱恨的歷史人物。

第一個是秦皇嬴政：

> 至如
> 秦帝按劍，諸侯西馳。

削平天下，同文共規。⼀

華山為城，紫淵為池。

雄圖既溢，武力未畢。

方架黿鼉以為梁，⼆

巡海右以送日。三

一旦魂斷，宮車晚出。四

注釋

⼀　同文：《史記‧秦始皇本紀》曰：「一法度衡石丈尺。車同軌。書同文字。」

⼆　黿鼉（粵：元陀，普：yuán tuó）：黿似鼈而大，鼉似鱷魚。此句寫秦皇的雄心壯志。《文選》李善注引《竹書紀年》云周穆王三十七年，「大起九師，東至于九江，叱黿鼉以為梁。」

三　海右：方位上的西稱為右，此指黃海、東海以西的地方。送日：觀看日落。李善注引古本《列子》曰：「穆王駕八駿之乘，乃西觀日所入。」此句連同上句均在描繪帝王征戰巡狩氣勢雄偉。

四　宮車晚出：帝王去世的委婉說法。

　　可見，雖然六合諸侯，一掃天下，氣勢不凡，最後還是要黯然去世。

　　第二個是趙幽繆王遷：

若乃

趙王既虜，⼀遷於房陵。⼆

薄暮心動，三昧旦神興。四

別豔姬與美女，

喪金輿及玉乘。[五]

置酒欲飲，悲來填膺。

千秋萬歲，為怨難勝。

注釋

[一] 趙王：趙遷（前 245—?），即趙幽繆王，趙國末主。公元前 228 年趙
　　國為秦所滅。

[二] 房陵：趙遷被流放到秦國房陵縣。今湖北省鄖陽區房縣。

[三] 薄暮：迫近天黑。

[四] 昧旦：十二時辰之一，時間在雞鳴之後。神興：指睡不安。

[五] 金輿、玉乘：指裝飾精美豪華的車輛。

　　這裏指趙王雖然努力抗秦，留下千古美名，但在世之
時，卻嘗盡了闊別榮華，淪落為階下囚的苦況，遺恨至死。

　　第三個是名將李陵：

至如

李君降北，[一]名辱身冤。

拔劍擊柱，弔影慙魂。

情往上郡，[二]心留鴈門。

裂帛繫書，[三]誓還漢恩。[四]

朝露溘至，[五]握手何言？[六]

注釋

[一] 李君：李陵（?— 前 74），飛將軍李廣長孫。漢武帝天漢二年（前
　　99），率五千步兵，戰匈奴十餘萬人，終投降匈奴，武帝怒而誅其全

家，最後客死敵營。

二　上郡：秦漢置郡，轄境包括今陝西省榆林市、延安市及內蒙古烏審旗等地。

三　繫書：《漢書・蘇武傳》曰：「（常惠）教（漢）使者謂單于，言天子射上林中，得雁（通鴈），足有係（即繫）帛書，言武等在某澤中。」蘇武因而得還，但李陵仍須留在匈奴，無法同行。

四　還：報答。漢恩：李陵〈答蘇武書〉曰：「欲如前書之言，報恩於國主耳。」

五　溘：忽然。朝露溘至，指人生短促如同朝露，受日曬即乾。

六　握手何言：蘇武返漢前，李陵置酒餞行。此反用其意，指訣別無言。

　　李陵的故事，想必大家都相當熟悉，江淹寫道李陵在投降後鬱悶如狂，又孤獨又悲憤。他雖身在匈奴，卻心懷故國，欲報國恩。可是生命短促，到他過世之時，還是不能重回故國，一雪污名，屈節北庭的奇恥大辱始終不能洗刷，抱恨終身。

　　第四個是王昭君：

　　　若夫

　　　明妃去時，一仰天太息。

　　　紫臺稍遠，二關山無極。

　　　搖風忽起，三白日西匿。

　　　隴鴈少飛，代雲寡色。四

　　　望君王兮何期，

　　　終蕪絕兮異域。五

注釋

一　明妃：王昭君。漢元帝宮人王嬙，和親嫁給匈奴單于。

二　紫臺：漢朝天子之臺。

三　搖風：同大風，指塞外暴風。

四　代：同岱，泰山別稱，在今山東半島。此處用《漢書‧天文志》「勃、碣、海、岱之間，（雲）氣皆黑」的典故。

五　蕪絕：草木枯死，比喻明妃老死異域。

　　明妃和親，雖然對國家而言有利，但對她自身來說，卻是坎坷的開始。塞外風沙不斷，仍然不能阻礙她思念故國的感情。可是，最後她還是要客死異鄉。

　　第五個則是馮衍：

　　　　至乃

　　　　敬通見抵，一罷歸田里。

　　　　閉關卻掃，塞門不仕。

　　　　左對孺人，二顧弄稚子。

　　　　脫略公卿，三跌宕文史。四

　　　　齎志沒地，五長懷無已。

注釋

一　敬通：馮衍之字，《東觀漢記》曰：「少有淑儻之志，明帝以衍才過其實，抑而不用，遂埳壈失志，以壽終於家。」見抵：被貶抑。

二　孺人：即妻子。

三　脫略：輕慢。

四　跌宕：沉醉。

五　齎（粵：擠，普：jī）志：懷抱壯志。沒地：人死埋於地下。馮衍〈與陰就書〉曰：「懷抱不報，齎恨入冥。」

　　馮衍懷才不遇，罷官歸家之後，雖然在文藝上屢有收穫，但他的凌雲壯志，始終無法施展。

　　最後一個是嵇康：

> 及夫
>
> 中散下獄，¯神氣激揚。
>
> 濁醪夕引，²素琴晨張。
>
> 秋日蕭索，浮雲無光。
>
> 鬱青霞之奇意，³
>
> 入脩夜之不暘。⁴

注釋

¯　中散：嵇康（223—262）。官至中散大夫，「竹林七賢」之一，後為司馬昭所害死。

²　濁醪（粵：牢，普：láo）：濁酒。引：飲。

³　青霞：青雲。奇意：大志。

⁴　脩夜：長夜。暘（粵：陽，普：yáng）：光明，明亮。

　　嵇康下獄，每天僅能喝劣質的濁酒，彈無弦的素琴，打發時間。可見，他的凌雲之志不得實現，當時的心情就如同身處漫漫的長夜。

　　以上六人，分別表達了六種不同的恨：秦始皇霸業未成之恨、趙幽繆王國破家亡之恨、李陵含冤莫白之恨、明妃客死他鄉之恨、馮衍報國無門之恨，以及嵇康身遭亂世之恨。帝王之恨、諸侯之恨、名將之恨、美人之恨、才士

之恨、高人之恨、貧困之恨、榮華之恨，可以說概括了古往今來人類的普遍經驗，因此才能打動歷史上不同階層、身份的讀者。

另外，本篇的尾言也很精彩，例如最後一節：

> 已矣哉！
> 春草暮兮秋風驚，秋風罷兮春草生。
> 綺羅畢兮池館盡，琴瑟滅兮丘壟平。
> 「自古皆有死」，莫不飲恨而吞聲。

這一小節，已經用了三種文學技巧。第一種是用典：「自古皆有死」，出自《論語·顏淵》第七則孔子曰：「自古皆有死。」第二種是換喻：綺羅代指富豪人家。第三種是交錯法，春草、秋風在第二、三句同一位置上交替出現。人類各種不同的的痛苦都能通過精美的文學形式得到統一。

白居易的〈長恨歌〉

江淹之後，到了唐代，另一首充滿怨與恨的詩篇再次誕生，這次的作者更以當代的歷史事實為典故，以更貼近讀者生活經驗的方式，描繪了另一番怨恨的畫面，它就是白居易的〈長恨歌〉。

白居易（772—846），字樂天，翰林學士，中唐詩人。

詩風流利順口。他跟好友元稹創作「新樂府」詩，「意存諷賦，箴時之病，補政之缺」。白居易中年時貶謫江州（今江西省九江市），晚年則追求「獨善其身」，修行禪宗。〈長恨歌〉作於元和元年（806），是他跟陳鴻等人遊覽楊貴妃香消玉殞之地馬嵬坡附近時作，陳鴻為之作傳（即〈長恨歌傳〉）。不過，白居易的〈長恨歌〉卻脫穎而出，傳頌於後世。

相信不少讀者對〈長恨歌〉一點都不陌生，它是以歷史上楊貴妃被賜死這一事件為題材的古體詩。總括而言，這篇作品以敘事為主調，字裏行間則加插了不少歷史／文學典故以及神話／道教元素。以下將詳細就以上的特色略加說明。

就形式而言，這一首詩正如其他古詩一樣，押韻可以轉韻，例如開篇：

漢皇重色思傾國，御宇多年求不得。
楊家有女初長成，養在深閨人未識。
天生麗質難自棄，一朝選在君王側。
回眸一笑百媚生，六宮粉黛無顏色。
春寒賜浴華清池，溫泉水滑洗凝脂。
侍兒扶起嬌無力，始是新承恩澤時。

「得」、「識」、「側」、「色」押韻之後換韻，「脂」、「時」自成一韻。而語法上也比較寬鬆，比較散文化的句子如「楊

家有女初長成，養在深閨人不識」，不避虛詞；對照（即對仗）因此也比較少見。

而這首詩也有不少神話的元素，例如神女的形象就見諸以下文字：

> 雲鬢花顏金步搖，芙蓉帳暖度春宵。
> 春宵苦短日高起，從此君王不早朝。
> 承歡侍宴無閒暇，春從春遊夜專夜。
> 後宮佳麗三千人，三千寵愛在一身。

如此美麗的楊貴妃，自然讓唐玄宗傾心不已，於是：

> 金屋妝成嬌侍夜，玉樓宴罷醉和春。
> 姊妹弟兄皆列土，可憐光彩生門戶。
> 遂令天下父母心，不重生男重生女。

金屋是一個歷史典故，出自西漢時代，陳皇后的故事。見佚名《漢武故事》：[2]

> 數歲，長公主嫖抱置膝上，問曰：「兒欲得

2　魯迅輯：《古小說鉤沈》（北京：人民文學出版社，1951 年），頁287。《漢武故事》不算正史而是小說，所以魯迅才會編進這本《古小說鉤沈》裏面。正因為如此，《漢武故事》給我們收藏了很多重要的信息，尤其是道教與神話方面的資料。參見第一章裏關於「劉郎」典故的討論。

婦不？」膠東王（按，即後來的漢武帝）曰：「欲
得婦。」長主指左右長御百餘人，皆云不用。
末指其女問曰：「阿嬌好不？」於是乃笑對曰：
「好！若得阿嬌作婦，當作金屋貯之也。」長主
大悅；乃苦要上，遂成婚焉。

當然，穿插歷史、神話元素之後，作者再次將情節拉
回當下安祿山進攻長安，玄宗逃難之際，軍隊在馬嵬附近
嘩變，要求賜死楊貴妃：

驪宮高處入青雲，仙樂風飄處處聞。
緩歌慢舞凝絲竹，盡日君王看不足。
漁陽鼙鼓動地來，驚破霓裳羽衣曲。
九重城闕煙塵生，千乘萬騎西南行。
翠華搖搖行復止，西出都門百餘里。
六軍不發無奈何，宛轉娥眉馬前死。

於是，玄宗無奈地，眼睜睜看着深愛的楊貴妃死在自
己的手上：

花鈿委地無人收，翠翹金雀玉搔頭。
君王掩面救不得，回看血淚相和流。
黃埃散漫風蕭索，雲棧縈紆登劍閣。
峨嵋山下少人行，旌旗無光日色薄。

蜀江水碧蜀山青，聖主朝朝暮暮情。
行宮見月傷心色，夜雨聞鈴腸斷聲。
天旋日轉迴龍馭，到此躊躇不能去。
馬嵬坡下泥土中，不見玉顏空死處。

日後，悲傷不停折磨玄宗，他無法化解，只好尋找道士招魂，於是道教的元素就出現在〈長恨歌〉裏：

臨邛道士鴻都客，¯能以精誠致魂魄。
為感君王輾轉思，遂教方士殷勤覓。
排空馭氣奔如電，²昇天入地求之遍。
上窮碧落下黃泉，³兩處茫茫皆不見。
忽聞海上有仙山，山在虛無縹緲間。

注釋

¯ 臨邛：四川地名。鴻都門：漢朝時長安的門。
² 排空馭氣：指騰雲駕霧。
³ 碧落：道教說東方第一天「始青天」遍滿了碧霞，故稱「碧落」，如《靈寶無量度人上品妙經》云：「昔於始青天中，碧落空歌，大浮黎土。」後用以代指天界、天空。

經過方士尋尋覓覓，發現原來楊貴妃已經升仙，文字間更加充滿了神話、道教的色彩：

樓閣玲瓏五雲起，其中綽約多仙子。¯

中有一人字太真，二雪膚花貌參差是。三

金闕西廂叩玉扃，四轉教小玉報雙成。五

聞道漢家天子使，九華帳裏夢魂驚。六

攬衣推枕起徘徊，珠箔銀屏邐迤開。七

雲鬢半偏新睡覺，八花冠不整下堂來。

注釋

一 綽約：體態輕盈貌。

二 太真：仙女之名，亦是楊貴妃出入宮中為女道士時之道號。

三 參差：差不多。

四 金闕：《太平御覽》引《大洞玉經》曰：「云上清有宮，門有兩闕，左金闕，右玉闕。」玉扃（粵：坰，普：jiōng）：即玉門。

五 轉教小玉報雙成：意謂仙府庭院重重，須經輾轉通報。小玉：吳王夫差女。雙成：西王母侍女。

六 九華帳：指華美的帳幕。

七 珠箔：珠簾。銀屏：飾銀的屏風。邐迤：《文苑英華》作「迤邐」，連綿詞，形容珠簾拉開時斜垂流動之狀。3

八 新睡覺（粵：各，普：jué）：剛睡醒。

接下來，白居易非常仔細地鋪陳楊貴妃的仙界生活，可謂栩栩如生：

風吹仙袂飄颻舉，猶似霓裳羽衣舞。

玉容寂寞淚闌干，一梨花一枝春帶雨。

含情凝睇謝君王，二一別音容兩眇茫。

---

3 據王汝弼：《白居易選集》（上海：上海古籍出版社，1980 年），頁 21。

昭陽殿裏恩愛絕，^三蓬萊宮中日月長。^四

回頭下望人寰處，不見長安見塵霧。

唯將舊物表深情，鈿合金釵寄將去。^五

注釋

一　玉容寂寞：此指神色黯淡悽楚。闌干：縱橫交錯貌，指淚流滿面。

二　凝睇（粵）：第，（普）：dì）：凝視，此處形容出神的樣子。

三　昭陽殿：指楊貴妃住過的宮殿。

四　蓬萊宮：指楊貴妃在仙界的居所。

五　鈿合：用黃金珠寶嵌成花紋的盒子。合，通「盒」，有底有蓋：下文云「一扇」，即指蓋或底。寄將去：托道士帶回。

　　楊貴妃殷勤迎接漢家的使者，而且託物寄意，可見她對玄宗不是無情，但奈何天人永隔，最終還是要與玄宗分離。由此，就引出之後的名句：

釵留一股合一扇，釵擘黃金合分鈿。

但令心似金鈿堅，天上人間會相見。

臨別殷勤重寄詞，詞中有誓兩心知。

七月七日長生殿，夜半無人私語時。

在天願為比翼鳥，在地願為連理枝。

天長地久有時盡，此恨綿綿無絕期。

　　「詞中有誓兩心知」，重申兩人對愛情的約定。雖然主人公是皇帝和妃嬪，卻能夠表達到一種普遍的怨恨：因為

志向一般在人間很難實現，人會在想像、宗教、詩歌等領域中找到安慰。正如玄宗那樣，「夜半無人私語時」，在別人察覺不到的地方，以言語、想像，一次又一次尋找精神上的安慰。而使用這種以文學手段來書寫自己的怨恨的方法，就近似於征服了沮喪的情感：即使願望不能實現，被藝術化的怨恨也是永恆的：「此恨綿綿無絕期」。

魯迅的〈無題〉

　　從上面幾個例子，我們都可以看到「典故」普遍的存在。可以說，中國古典文學的特點在於「典故」等文學技巧能讓一時的悲歡哀樂，如怨恨，在藝術形式中與悠久的文學傳統連結起來，融為一體，增加它們的感染力。這種手法，即使到了近代如魯迅的〈無題〉，也一樣可以見到。

　　魯迅的〈無題〉（收入某些詩選時題作〈悼柔石詩〉）創作於 1931 年，當年 1 月 17 日晚上，在上海東方飯店，英國警察拘捕了三十六位共產黨疑犯，引渡交給國民黨政府。其中有柔石（本名趙平復，1902—1931）等五位「左翼作家聯盟」成員。同年 2 月 7 日，趙平復和二十三位疑犯被槍決，世稱「龍華二十四烈士」，其中五位作家被尊為「左聯五烈士」。眼看年輕作家慘遭毒手，魯迅悲憤難平，就寫了這首詩。在魯迅的其他文章中我們也可以看到類似的線索：

為了忘卻的記念（1933）

魯迅

　　前年的今日，我避在客棧裏，他們卻是走向刑場了；去年的今日，我在炮聲中逃在英租界，他們則早已埋在不知那裏的地下了；今年的今日，我才坐在舊寓裏，人們都睡覺了，連我的女人和孩子。我又沉重的感到我失掉了很好的朋友，中國失掉了很好的青年……。

　　要寫下去，在中國的現在，還是沒有寫處的。年青時讀向子期〈思舊賦〉，很怪他為甚麼只有寥寥的幾行，剛開頭卻又煞了尾。然而，現在我懂得了。

　　不是年青的為年老的寫記念，而在這三十年中，卻使我目睹許多青年的血，層層淤積起來，將我埋得不能呼吸，我只能用這樣的筆墨，寫幾句文章，算是從泥土中挖一個小孔，自己延口殘喘，這是怎樣的世界呢。夜正長，路也正長，我不如忘卻，不說的好罷。但我知道，即使不是我，將來總會有記起他們，再說他們的時候的。

　　接下來，讓我們看看這首七言律詩，如何在典故的編碼之中，表達他的怨恨：

慣于長夜過春時，挈婦將雛鬢有絲。一
夢裏依稀慈母淚，城頭變幻大王旗。二
忍看朋輩成新鬼，三怒向刀叢覓小詩。四
吟罷低眉無寫處，月光如水照緇衣。五

注釋

一 挈：帶領。參見「扶老挈幼」。
二 大王：借指當時的軍閥。
三 忍：同「不忍」。新鬼：文學典故，出自杜甫〈對雪〉：「戰哭多新鬼」。
四 刀叢：佛經說地獄有「刀林劍樹」。
五 緇衣：黑色衣服。

　　春天時節，應該光明燦爛，作者卻寫「長夜」，這種奇詭的對比，正好表達當時的政治亂象下，人們生活有如漫漫長夜一樣，即使到了春季還是看不到光明溫暖。詩作更出現了多個典故，除了可以避開當時的政治審查，有效地抒發感情，更可與歷史上的人類情感互相連結，融為一體，增加它們的感染力。首先是佛家典故「刀叢」。佛家一直給人與世無爭、愛好和平的印象，現在作者卻以佛家最具攻擊性的字眼，以「怒」字貫穿整句，更加表達了他的不平之意。另外，「新鬼」一詞則出自杜甫〈對雪〉：「戰哭多新鬼」。按在原詩中後句乃：「愁吟獨老翁」，正好呼應老年魯迅與被害年輕作家的年紀差距，更抒發了他的孤獨與無力感。

惯于长夜过春时，挈妇将雏鬓有丝。
梦里依稀慈母泪，城头变幻大王旗。
忍看朋辈成新鬼，怒向刀边觅小诗。
吟罢低眉无写处，月光如水照缁衣。

李市兄教正

　　　　　　　　　　　　　　　　　　　鲁迅

鲁迅手跡

| 鲁迅〈無題〉

小 結

　　怨恨對於作家的情緒來說，當然是不好的，因伴之而來一般會出現憂鬱、狂躁等精神健康問題。不過，對於創作而言，卻是一種對精神的刺激，驅使作家們運用文字去抒發心中的不滿。而在古典文學的創作中，因提倡溫柔敦厚的詩教，作者在處理自身怨恨的時候都需要設置種種不同的文學技巧將心理距離拉開。因此，典故就變成作家經常運用的技巧。典故的訊息不能單純依靠字面的意思取得，而是要從社會、歷史、文化的脈絡，去解讀當中牽涉的符碼，才能獲取其真意。於是，中國古代的「怨恨文學」就離不開典故了。

本章參考書目

余英時：《中國知識分子論》。鄭州：河南人民出版社，1997 年。

丁福林、楊勝朋校注：《江文通集校注》。上海：上海古籍出版社，2017 年。

Song, Geng. *The Fragile Scholar: Power and Masculinity in Chinese Culture.* Hong Kong: Hong Kong University Press, 2004.

Kroll, Paul W. "Po Chü-i's 'Song of Lasting Regret': A New Translation." *T'ang Studies* 8-9 (1990—1991): 97-105.

專題研習

　　江淹這首〈泣賦〉，跟〈恨賦〉一樣，選擇很普遍、容易理解的事情作為主題。這樣做能不能表現他個人的特色？

　　　　秋日之光，流兮以傷。

　　　　霧離披而殺草，風清泠而繞堂。

　　　　視左右而不臚，具衣冠而自涼。

　　　　默而登高谷，坐景山；

　　　　倚桐柏，對石泉。

　　　　直視百里，處處秋煙。

　　　　闃寂以思，情緒留連。

　　　　江之永矣蓮欲紅，南有喬木葉以窮。

　　　　心蒙蒙兮恍惚，魄漫漫兮西東。

　　　　詠河兗之故俗，眷徐楊之遺風。

　　　　眷徐楊兮阻關梁，詠河兗兮路未央。

　　　　道（一作慮）尺折而寸斷，魂十逝而九傷。

　　　　歗漮湲兮沫袖，泣嗚咽兮染裳。

　　　　若夫景公齊山，荊卿燕市；

　　　　孟嘗聞琴，馬遷廢史；

　　　　少卿悼躬，夷甫傷子。

　　　　皆泣緒如絲，詎能仰視。

　　　　鏡終古而若斯，況余輩情之所使哉！

後記

　　我是在美國華盛頓市長大的。我父母家在一個相當富裕的中產居住區。每幢房子都有前庭也有後庭，大部分的家都養狗，每條路旁邊種了高大的榆樹、櫸樹、無花果樹；在這附近有不少商店、飯館、教堂、電影院等等。現在想起來，常常覺得我很幸運能生長在這樣美好的地方。

　　雖然今天這樣說，當時的我一點都不這樣認為。我青少年的時候覺得美國文化很俗；美術、建築、尤其是文學，都不夠美麗。我心裏有一個美學的理想，與當時的美國文化截然不同。我那種理想產生於對一些外國藝術的感性認識，例如古希臘的花瓶畫、普羅科菲耶夫的交響曲、英格瑪·伯格曼的電影、波德萊爾的詩歌。這些都是嚴肅甚至悲劇性的、擁有形式美的作品。離我更近一點也有美籍詩人艾略特的詩歌。艾略特雖然在美國出生，但在二十六歲的時候移民到英國，而且他離開美國的動機，跟追求歐洲古典文化有關係。所以我在艾略特詩中能感受到的不僅有他與古典美的共鳴，還有他對商業化美國社會的反叛。

　　我在高中的時候不太適應周遭的環境，想追求一種在美國也許不存在的美。但是我還沒有找到合適的途徑。如果我有藝術或音樂天賦，可能會選擇那些領域作為職業。

但是我很早就發現我的才能在於語言和數學兩方面。對當時的我來說，數學和語言很相似。我在高中唸拉丁文，然後自學法文、德文、古希臘文，將這些語言都看成不同的符號系統來學。我當時的目的是用原文來閱讀這些語言的文學傑作，但是我對翻譯文學根本沒有興趣，覺得只有原汁原味的作品才有魅力。

1998 年去哈佛大學唸書的時候，我還沒有選好專業，剛到的時候一直在語言和數學之間猶豫。在大學二年級我開始學所謂「抽象代數」。抽象代數可以說是大家熟悉的算數的一個延伸。常見的數學概念都利用數字表示，但是抽象數學已經很少涉及到具體數字。它的研究對象更普遍化，是所有的與數字類似結構的符號系統。這種抽象的思維方式使我很受啟發。原來我們平生遇到的數字、詞語、樂音、花紋都能歸納成一般化的道理。我以為我進入到人生和知識的更深一層了。

同時，我沒有放棄語言學習。我剛上大學的時候就開始學中文了。這是我以前學習的一個很自然的延續。如果我一直對古典文學感興趣，有甚麼比中國的詩詞更古典的呢？一開始練漢字的時候，我將圖書館的古代漢語課本借來慢慢自學。中文對我來說非常難學。我沒有音樂天賦，覺得聲調不好分，漢字也不好記。有時候我沒時間吃午飯，整個下午都在圖書館裏拼命地練字，或者到語言練習室拼命地聽中文錄音帶。這樣努力下來，有不少進步。大三的時候，我也獲得去復旦大學留學一學期的機會。

　　我那一個學期的活動非常密集。時間雖然很短，心卻永遠留下。復旦大學當時有一個很特殊的留學生班，學生可以選擇文學或者歷史專業，如果選文學班，課程基本上都是文學課，而不是一般給留學生教語言的。所以整個學期下來，我一直跟十幾個外國人一起學中國文學。在那個學期，我第一次讀魯迅、張愛玲、《莊子》、〈楚辭〉等等。與此同時，我學中國文學的歷程很特殊。我當時仍是數學專業，並不是東亞系的學生。所以我第一次遇到魯迅的〈傷逝〉這篇小說，還沒聽說過魯迅；第一次看到「楚辭」兩個字，從來沒聽過 *Songs of the South*（有名的英譯本）。當時我更看重這些作品的形式和結構，而對內容不那麼在意。

　　回到哈佛以後我還沒有一個很清楚的方向。我開始對數學不滿意，因為它離我的其他興趣太遠。我無法將數學和外國文學結合起來。但是我開始發覺，中國文學的研究是廣闊無邊的領域，會涉及到不同朝代的各種文學體裁和漢字本身的豐富變化。但是我還沒有確定我未來的路徑。2002 年快要畢業的時候，我也考慮過學法律，終於在大學最後一個學期才遇到康達維教授，然後跟着到西雅圖華盛頓大學去讀中國文學的博士。我在另一篇文章裏已經寫過我從康老師學到的學術方法，在此不想重複，有興趣的讀者可以參照。[1]

---

1 〈正名·學統·知音：康達維對我的啟發及對美國漢學的影響〉，《國際漢學研究通訊》，第九期（2014 年），頁 320—29。

　　我在西雅圖研究中國文學時，興趣和方向也逐漸發生了變化。因為在讀博士過程中，學到了中國歷史和文化的各種新的方面，所以我不希望僅僅作一名文學愛好者，而逐漸以成為漢學家為我的志趣。2010 年畢業後找工作的時候，我申請了香港的工作，因為一直被東西合璧的香港文化吸引。在理工大學和浸會大學任教數年以後，2016 年應聘到香港大學了。我在港大教授的課程包括中文學院必修課「中國古典文學導論」。

　　這門課似乎曾以介紹唐宋八大家的作品為主，然而，因為我本人對中國古典文學產生興趣的原因在於其最獨特的地方，所以我不願意只介紹一些基本的內容。我希望給本科生介紹我個人的角度，同時也介紹一個全球化的、比較文學的角度。中國文學跟外國文學比較，有何種特質？與外國文化的交叉點在何處？中國詩歌的形式如何利用漢字的語言特點？因此我是從「典故」這個概念開始，依次介紹對我最重要的一些術語和研究方法。雖然對港大的本科生有點陌生，我認為這樣的教學才有意義，才能給學生提供我特有的一些想法。

　　我教過這門課四次，通過與學生們的交流，我不斷地改善課程內容。教過兩年以後，我發現我準備了一些資料，只能肯定的是在其他書籍裏面都看不到，所以我開始將課程內容寫出來成文稿。在這過程中，很多同學都給我幫助和支持。我三位優秀的博士研究生：陳竹茗博士、馮嘉怡博士、喻宇明博士都曾做過課程的導修指導，提供了

很多意見；陳博士也做了細緻的校對。當時的本科生傅歆辭同學、李林塋同學、劉鈺潔同學，和所有的上過我的課的港大學生，都提供了寶貴的回應。他們的貢獻也反映在這本書裏面。最後想感謝初文出版社的社長黎漢傑先生：他曾經做過我的研究助理，但是我們的關係這幾年來主要是朋友和同行，我非常珍惜我們兩個吃着午飯聊天討論文學的時光。黎先生一直鼓勵我完成這本書；如果沒有遇到他，我不一定能寫這本小書。